A Thousand-Mile Walk
to the Gulf

墨西哥湾千里徒步行

〔美〕约翰·缪尔 著　王知一 译

图书在版编目(CIP)数据

墨西哥湾千里徒步行/(美)约翰·缪尔著;王知
一译.—北京:人民文学出版社,2016
(远行译丛)
ISBN 978-7-02-011954-7

Ⅰ.①墨… Ⅱ.①约… ②王… Ⅲ.①游记-美国-近代 Ⅳ.①I712.65

中国版本图书馆 CIP 数据核字(2016)第 197337 号

出 品 人　黄育海
责任编辑　朱卫净　潘丽萍
封面设计　汪佳诗

出版发行　人民文学出版社
社　　址　北京市朝内大街 166 号
邮政编码　100705
网　　址　http://www.rw-cn.com
印　　刷　山东临沂新华印刷物流集团
经　　销　全国新华书店等
字　　数　89 千字
开　　本　890 毫米×1240 毫米　1/32
印　　张　4.5　插页　5
版　　次　2016 年 11 月北京第 1 版
印　　次　2016 年 11 月第 1 次印刷
书　　号　978-7-02-011954-7
定　　价　29.00 元

如有印装质量问题,请与本社图书销售中心调换。电话:01065233595

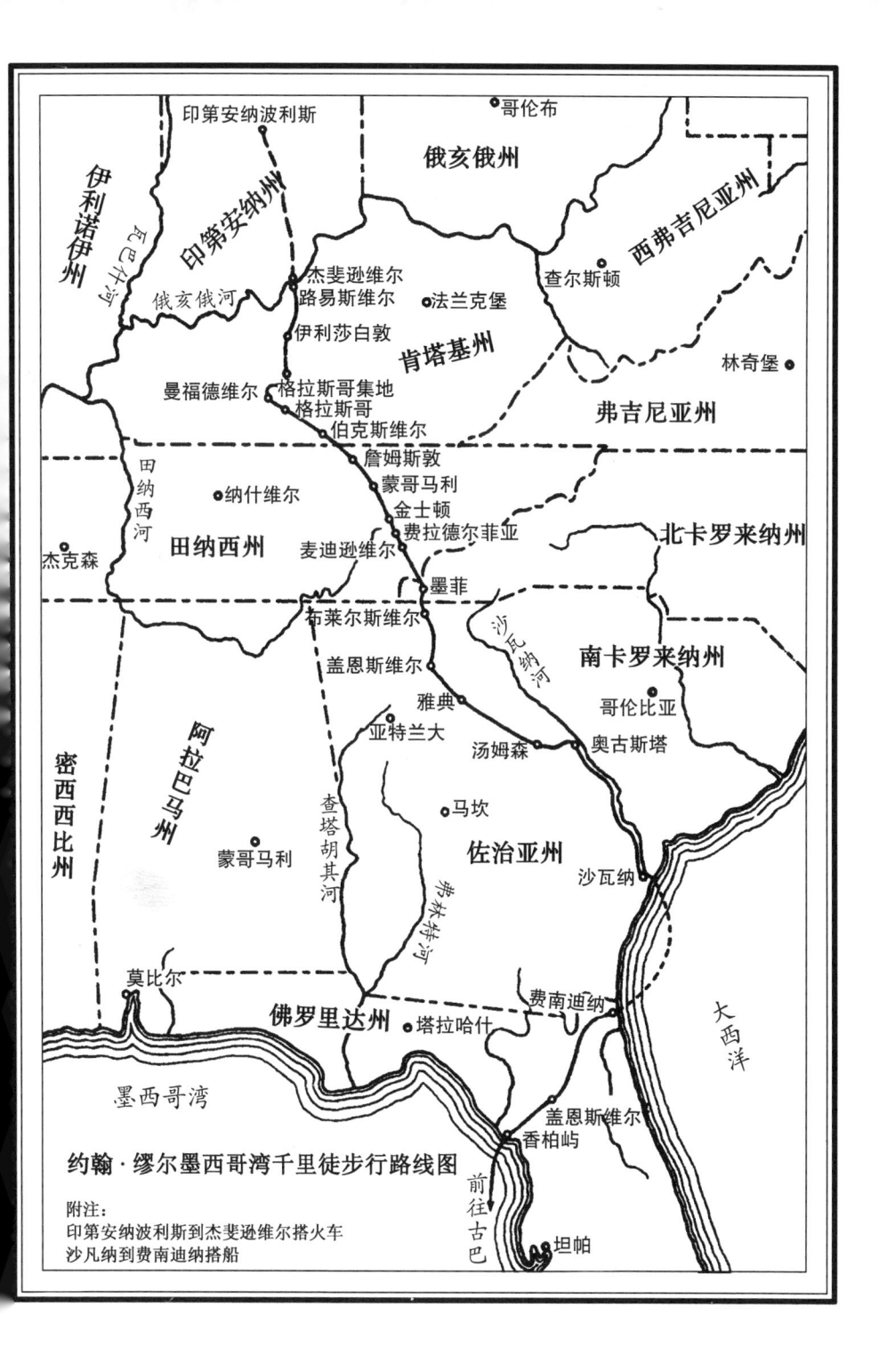

约翰·缪尔墨西哥湾千里徒步行路线图

附注：
印第安纳波利斯到杰斐逊维尔搭火车
沙凡纳到费南迪纳搭船

地名（由北至南、由西至东）：

- 伊利诺伊州
- 印第安纳州
- 俄亥俄州
- 西弗吉尼亚州
- 印第安纳波利斯
- 哥伦布
- 瓦巴什河
- 俄亥俄河
- 杰斐逊维尔
- 路易斯维尔
- 法兰克堡
- 查尔斯顿
- 伊利莎白敦
- 肯塔基州
- 林奇堡
- 曼福德维尔
- 格拉斯哥集地
- 格拉斯哥
- 伯克斯维尔
- 弗吉尼亚州
- 詹姆斯敦
- 田纳西河
- 纳什维尔
- 蒙哥马利
- 金士顿
- 田纳西州
- 费拉德尔菲亚
- 北卡罗来纳州
- 杰克森
- 麦迪逊维尔
- 墨菲
- 布莱尔斯维尔
- 沙瓦家河
- 盖恩斯维尔
- 南卡罗来纳州
- 雅典
- 哥伦比亚
- 亚特兰大
- 汤姆森
- 奥古斯塔
- 密西西比州
- 阿拉巴马州
- 马坎
- 佐治亚州
- 蒙哥马利
- 查塔胡其河
- 弗林特河
- 沙瓦纳
- 莫比尔
- 费南迪纳
- 佛罗里达州
- 塔拉哈什
- 大西洋
- 墨西哥湾
- 盖恩斯维尔
- 香柏屿
- 前往古巴
- 坦帕

目 录

1　第一章　肯塔基州的森林与洞穴

14　第二章　穿越坎伯兰山脉

33　第三章　穿过佐治亚州河流区

47　第四章　墓地露营

58　第五章　跋涉过佛罗里达州的沼泽与森林

84　第六章　香柏屿

97　第七章　寄居古巴

113　第八章　绕道赴加州

127　第九章　二十丘谷地

第一章
肯塔基州的森林与洞穴

我已经观察了由北方诸州到温暖南方的野林与花园有好长一段时间了，终于，在克服所有困难之后，于一八六七年九月的第一天，我摆脱了所有束缚，怀抱愉悦的心情，由印第安纳波利斯展开了徒步千英里至墨西哥湾的旅程。（由起点到俄亥俄河畔的杰斐逊维尔这段路是坐火车的。）九月二日在路易斯维尔渡过俄亥俄河时，我没有开口与任何人交谈，完全靠指南针穿过这座大城。出城后，我找了一条南行道路继续前行，在经过一些散落的郊区小木屋与村落后，进入了一座绿林，在这儿，我打开随身带的地图，粗略规划了接下来的旅程。

我的计划很简单，就是选择我能找出的最荒野、森林最茂密又最省脚力的路线向南行，以能经历的最大范围的原始森林为目标。叠起地图，我背起了小背包和植物压平器，在老肯塔基橡木林中大步踏上旅程。眼前松树、棕榈树及热带花朵杂沓丛生，这片壮丽的美景令我欢愉，不过，纵然大橡树伸长了欢迎的臂膀，终究掺了点孤独的阴影。

我见过许多种橡树，分别生长在不同的环境与土壤中，但是肯塔基橡木的巨大却是我前所未见的。它们的鲜绿色树冠宽阔又茂密，伸长的枝干与繁茂的树叶搭盖起一条条林荫大道，而且每一棵树似乎都被赐予加倍的狂欢生命力。这段路大半走在河谷，走了二十英里路之后，我在一间东倒西歪的小旅店找到了宿处。

九月三日。由满布灰尘又肮脏的阁楼小卧房逃到壮盛的树林中。这附近所有我喝过的溪水与井水都有咸味。索尔特河几乎已干涸。这一上午我大部分走在光秃的石灰岩地上。穿过由河岸延伸出的二十五至三十英里平地后，我来到了一片名为肯塔基圆丘的丘陵地。那是一些光秃的小丘，只有顶端长了些树。有些上面有几株松树。有几小时我沿着农夫走出来的小径前行，但是渐渐就走离了小径，碰到一丛丛纠缠不清的藤蔓，很难穿越。

中午时分，我从一堆巨大的向日葵丛中穿出，发现自己置身于河岸边，河床里岩石满布，水量大，水流湍急（罗灵福克河）。在这荒野深郊，我估计不会有桥，于是立刻涉水渡河。就在这时，一个黑女人在对岸急匆匆地叫我等着，她去叫"男人"牵马来给我。她说这河又深又急，如果我径自涉水横渡，

肯塔基橡木——西奥多·艾特尔（Theodore Eitel, 1868—1955）摄

可能会"被吞溺的"。我回答她,我的背袋及植物压平器会帮我平衡,而且水看起来也不深,就算我被水卷走,我也是个游泳好手,而在这太阳下衣服很快会干的。但是这个谨慎的老妇人说没有人曾徒步涉水渡过这条河,她去叫人牵马来,一点都不麻烦。

几分钟后,渡河的马穿过藤蔓与芦草出现,小心翼翼地走下河岸。它高长的腿证明天生就是匹渡马。它是匹白马,这当儿跨骑在它身上、肤色黑黝黝的小男孩,像极了马背上的一只小虫。在多次停停走走之后,马终于安全涉过水来,我随即上了马背,坐在小黑人的后面。他是个长相古怪的东西,像个胖嘟嘟的黑肤色印度娃娃,头发一块块编结得像麦利诺羊身上的毛。那老马,背上负荷着过重的一白一黑两个包袱,左摇右摆地蹒跚迈出它的长腿,似乎随时会摔倒。总算没有变成落汤鸡,我们安全抵达陡峭不平的对岸,置身在藤蔓与芦草间。其实,一场盐水浴似乎对我们没什么坏处。我可以游泳,那个小非洲人看起来会像个气囊浮在水面。

我去了那个马主的田庄,他说我在那里可以找到"能忍受的"饮水。但是,就像我尝过的这一带所有的水一样,它带有令人无法适应的咸味。这座老旧的肯塔基家园里,每样东西都带有硕大、丰盛又不经修饰的特色。房子是真正的南方式,宽敞通风,横向主厅就像火车铁轨穿过的山洞,屋顶上伸出几根厚重粗大的烟囱。这黑人的房舍及其他的建筑,数量加起来足可算作一座村落,而所有这一切,刚好成为一个纯正老肯塔基家园令人感兴趣的代表。它被花圃、玉米田及绿色的树林小丘包围着。

经过一群砍伐巨橡树到市场贩售的樵夫。水果很丰富。整个下午看到的都是开满花朵的美丽山丘。由伊利莎白敦往东南走直到精疲力竭,便躺入瞎撞上的树丛中。

九月四日。当我于作为居处的榛树丛中被鸟鸣声闹醒时,太阳已给山丘顶镀上了一层金。鸟儿们在我头边兴奋地跳跃低飞,似乎在轻责低叱,一些不知名的美丽植物正对着我的脸俯视。第一次躺在床上发现植物!虽然昨晚是瞎摸来的,但这真是个绝佳的营地,我逗留其中,享受树木、柔光及大自然的音乐。

在森林里走了十英里。碰到一种叶子像柳叶的新奇橡树。走进一长块被称为"不毛之地"的黑橡林沙地,那里有许多六七十英尺高的橡树,听说四十年前的大火被扑灭后,它们就不断生长。这里的农夫高大、健壮又快乐,他们喜欢枪和马,和他们友善闲聊,让我挺开心。天黑后,抵达一座落破的村庄,一个非常喜欢助人的黑人带我到"客栈",还说"一点都不麻烦"。

九月五日。今晨我头顶不再有鸟儿、花儿或友善的树木了；只有布满灰尘和垃圾的肮脏小阁楼。逃入树林，来到洞穴区。在第一个洞穴的入口，我惊奇地发现一些属于威斯康星州或北方荫凉角落的蕨类，后来观察得知，每一个洞穴口都有自成一格的气候带，而且都十分凉爽。这个洞穴的入口直径大约有十英尺，深约二十五英尺。一股强烈的冷风由里面吹出，我还听得到流水声。一根长杆靠在洞壁，似乎是用来当梯子，不过有的地方又像船只桅杆般滑得不得了，好像是在测验猴子攀爬的本领。这个天然储水槽的岩壁和穴口周围都有精致的雕刻，还长满了花草。穴顶上的灌木都有能遮阴的大叶子，洞壁斜坡及凹沟则填满了一排排或一片片美丽的野蕨或苔藓。我在那里愉快地逗留了许久，一边将标本压平，一边将这美景印入脑海。

正午时分抵达曼福德维尔；很快就被曼福德先生发现并加以盘问，他是一位拓荒者，也是该村的创建人。曼福德先生像个土地勘测员，他掌管所有村里事务，每一个找路或找土地的人都会来请教他。他把所有村人都看成是自己的孩子，所有进入曼福德维尔的陌生人则一律成了他的访客。当然，他查问了我的职业、目的地等等，然后邀请我到他家做客。

请我用了些"小鲑鱼"提神后，他颇为自得地在桌子上放满了石头、植物等东西，这些新旧不一的东西都是他外出探寻时收集来的，照理都有科学价值。他对我说，所有科学人士都会来请教他，因此，既然我研究植物学，他一定有或应该有我要找的知识。于是，他针对治疗每一种致命疾病的草药，为我上了冗长的一课。我对这位施恩者的仁慈道了谢后，赶忙逃到野外去，沿着绕行一座大山丘基部的铁道前行。待夜幕降临，我能找到的居所似乎都不欢迎我，我也鼓不起勇气去要求他们之中任何人收留我。在山坡上巨大橡木下的一所学校找到栖身所，睡在一些看起来最柔软的长椅上。

九月六日。早晨第一声鸟鸣传来就动身，希望在傍晚前抵达猛犸洞（Mammoth Cave）。赶上一个拉牛车的老黑人。搭他的车与他一起走了几英里，跟他聊到一些有关战争、树林中的野果子等有趣的话题。"就在这儿，"他说，"南方叛徒正在捣毁留下的足迹，突然，他们以为北方佬从那边的山上来了，啊，老天，他们没命地跑。"我问他是否愿意悲惨的战争再次发生，他那温顺的脸突然平静下来，以严肃认真的语调说道："啊，老天，不要再有战争，老天，不。"[①] 肯塔基的许多黑人都十分机灵又有见识，一旦聊到他们感兴趣的话题，往往毫无顾忌地滔

---

① 指发生在一八六一年到一八六五年的美国南北战争。

第一章 肯塔基州的森林与洞穴

滔不绝。

抵达离猛犸洞约十英里的马穴（Horse Cave，又译作"霍斯凯夫"）。洞口前是一道绵延数百码的长缓斜坡。这里似乎是天然泉水的源头，也是进入黑色矿藏王国的庄严大门。这个洞穴位于一个（同名的）村落中，它供给村落丰富的冷泉水，以及盖满野蕨的洞口吹出的清凉空气。天热的时候，守卫洞口的大树下会坐满了人群。这个大风扇能够立刻吹凉整个村落的人。

住在高山附近的人得花一两天才能爬到空气清凉的地方，可是这些肯塔基人若被热得头昏眼花，几乎在州内任何峡谷都能找到一块清凉之地。陪伴我的村人说，马穴至少有几英里深，从没有人完全探索过。他告诉我，他从没去过猛犸洞。他说，不值得走十英里路去看那洞穴，那只不过是地上的一个洞，我发现他不是少数说这话的人。他是个手脚利落、实际又太聪明的人，像野草、山洞、化石之类不能吃的东西，都不值得他浪费宝贵的时间。

到达猛犸洞。我惊奇地发现它是如此原始。附近有一个有精致步道与花园的大旅馆。不过，很幸运，山洞没有被修饰过，如果不是因为一条走下山谷通往洞口的小径，你不会知道有人探访过它。就像有些大房子或建筑物的入口毫不起眼，让人丝毫无法想象主结构的恢弘，这个肯塔基矿藏王国的入口相较下也相当小而不显著。一个人可能由距它几码远的地方经过而没注意到它。一股冷风不断由洞内涌出，为装饰于洞端岩壁上的蕨类创造出类似北方的气候。

我从不曾见过如此强烈的对比，这是大自然的庄严美景对比不值一顾的人工花园。那座现代化的旅馆完全是俗丽人工的味道，许多被修剪成畸形的漂亮植物排列在令人厌恶的几何图形花床中。这整个失败的人工景致与上帝神圣庄严的美景并列着。洞口的树木都光滑高大，底部向前弯，然后笔直向上生长。只有一株枝干扭曲、树皮满是疤痕的白胡桃，以及一些长得很好的冷蕨（Cystopteris）与灰藓（Hypnum），似乎怜惜并属于这个洞穴。

出发至格拉斯哥集地。在山坡的树林中耽搁了些时间。向一户农家问路，主人以少见的热诚招待我留宿。我们畅谈了一些有关政治、战争及神学等熟悉的话题。这位老肯塔基人似乎很喜欢我，邀我在这一带山丘停留到明年春天，还保证我会在猛犸洞附近找到许多感兴趣的东西；另外，由于他是学校的负责人之一，他也肯定我可以加入他们学校的冬季班。我诚心感谢了他为我所做的仁慈计划，仍决定维持既定的打算。

九月七日。我带着这些肯塔基人的真诚祝福，穿过茂密的绿色森林，再继续南行。整天都身处广大的森林中。第一次见到槲寄生。有一部分时间，我跟一个住在伯克斯维尔附近的肯塔基人同行。他对所有碰到的黑人都友善地打招呼，称他们为"伯伯"或"阿姨"。所有在这条路上碰到的旅者，不论是黑是白，或男或女，都骑着马。格拉斯哥是少数几个仍过着寻常美国生活的南方城镇。当夜借宿在一户富裕的农家中。

九月八日。山坡顶端浮着一片深沉浓绿的浪海。玉米、棉花及烟草田散落各处。我曾经幻想开满了花的棉花田该是一幅美丽壮观的景象；但事实上，棉花是一种粗糙蔓生的植物，一点也不赏心悦目，还没有爱尔兰的马铃薯田一半好看。

碰到许多正要去参加集会的黑人，全都穿着他们最漂亮的星期天外出服。他们个个身材肥胖，但看起来快乐又满足。接近坎伯兰河，景象变得更辽阔。伯克斯维尔是个美丽的所在，被壮观的青葱小山丘包围着。坎伯兰河必定是一条快乐的小溪。我想我可以一辈子在这幅美景中游历。这晚，我找不到肯让我寄宿的地方，于是选了块山坡地躺下，入梦的同时，嘴上还喃喃不停地赞叹肯塔基多层次的美景。

九月九日。在钟爱的花与鸟之乡又过了一天。许多急湍在茂密的森林中奔流，河岸镶嵌着美丽的花朵。托着蓝天的一溜大山坡像一幅图画，我坐于其上。无边无际的起伏绿林中点缀着一抹抹秋黄，周遭的空气中也散佚着秋的色彩与声响。柔和

猛犸洞的入口——路易斯维尔暨纳什维尔铁道局提供

的晨光洒落在粗壮成熟的橡树、榆树、核桃与山胡桃树林上，大自然是如此富有思想又沉静。肯塔基是我看过最绿、树叶最茂密的一州。这里的温带植物所形成的柔绿色大海，最为广阔无垠。

把楔子比作不同地区的绿色植物量尺，厚而宽的一端就是肯塔基的森林，另一端则是北方的青苔与地衣。这个绿色楔子的边缘并不是笔直的。由肯塔基开始，它既厚又宽，一直持续到越过印第安纳州和加拿大的森林。到了加拿大的枫树与松树林，它就快速倾斜，变成只点缀低矮桦木与赤杨的荒凉的北极小山丘；然后又渐渐削薄成边角，上面只剩耐寒的地衣、地钱、苔藓，最后到终年积雪的地带。所有肯塔基植物中，以高贵的橡树最为雄伟。在繁茂的肯塔基森林中，它们为数最多。这里是伊甸园，橡树的天堂。傍晚时分，越过肯塔基州界，在一户节俭的田纳西农家门前，听主人用尽平常谨慎人家不招待客人的各种理由后，要到了食宿。

九月十日。由一堆不由衷的仁慈中逃到慷慨的树林里。在爬满纠缠不清的藤蔓的平地上走了数英里，我开始爬上坎伯兰山脉，这是第一座我眼睛看见、双脚踏上的真正的山。上山的小径是接近规律的之字形斜坡，大部分覆盖着高大的橡树，形成林荫通道。但其中有些开口，可以看见美丽又壮观的肯塔基森林，它一直延伸穿过山丘与谷地，由大自然的手将它恰恰好熨帖在每道斜坡或转弯处。这是我这辈子所曾看见最壮丽又最无所不包的图画。花了大约六七个小时到达山顶。对一个习惯于威斯康星及其邻近各州小山丘的人来说，这段登山旅程是个陌生又漫长的经历。

第二章
穿越坎伯兰山脉

我才爬了一小段路，就被一个骑着马的年轻人赶上，我很快发现，如果我值得他动手的话，他是准备打劫我。在问了我从哪儿来、到哪儿去之后，他表示愿意帮我载背包。我告诉他背包很轻，我一点都不觉得是负担；但他坚持，并一直巧言哄骗到我答应让他拿去。一旦东西到手，我注意到他开始增加速度，明显是想走远到我看不见的地方，好翻我的背包。但我可是健行及跑步能手，他甩不掉我。跟着他的马走了大约半小时后，在一个转弯处，他以为走出我视线外，就快速搜我的袋子。等到发现里面只有一把梳子、一支刷子、一条毛巾、一块肥皂、一套换洗的内衣裤、一本彭斯①的诗集、一本弥尔顿的

---

① 彭斯（Robert Burns, 1759—1796），苏格兰诗人。他从小熟悉苏格兰民谣和古老传说，并曾搜集、整理民歌，主要用苏格兰语写作，所作诗歌受民歌影响，通俗流畅，便于吟唱，在民间广为流传，被认为是苏格兰的民族诗人。

《失乐园》①，以及一小本《新约》，他就等我上前，把背包交还给我，说忘了东西，就骑马回头下山去了。

我发现了阿勒格尼山脉②著名的草本欧石楠，叶子油亮发光，美丽又茂盛。还有一些蕨类，最大、最茂盛的莫如桂皮紫萁（Osmunda cinnamomea）。王紫萁（Osmunda regalis）在这里也很普遍，但并不大。根据伍德③及格雷④两人所写的植物学著作所言，桂皮紫萁要比绒紫萁（Osmunda Claytoniana）大得多。我发现在田纳西州及南方是这样，但在印第安纳州、一部分的伊利诺州以及威斯康星州却正好相反。在这里找到美丽的含羞草（Schrankia）。它有长而带刺、如豆类般的藤茎，顶端开着密集的黄色小香花。

路边的藤茎常遭到踏碰而低头，这仅仅是表示它们是有感觉的。敏感的人们也是一样。但是，路边的藤茎很快变得没

---

① 弥尔顿（John Milton，1608—1674），英国诗人，对十八世纪诗人产生深刻的影响，一六五二年因劳累过度双目失明，晚年作品《失乐园》（Paradise Lost, 1667）是以《圣经·旧约·创世记》为题创作的史诗。
② 隶属横跨美国东部和加拿大的阿帕拉契山脉。呈东北西南向，绵延四百英里。
③ 伍德（Alphonso Wood，1810—1881），著有《植物学纲目及美国与加拿大的植物》(Class-book of Botany, with a Flora of the United States and Canada, 1862)。此书内容十分广博，作者探寻时常携带此书。
④ 格雷（Asa Gray，1810—1888），被誉为十九世纪最重要的美国植物学家，研究北美植物区系，在统一该地区植物分类上贡献不少，著有《美国北部植物学手册》和《达尔文》等。

第二章　穿越坎伯兰山脉

那么敏感了,就像人们习惯了别人的嘲弄——在这种情形下,"自然"以安排人的同样仁慈的方式安排了植物。于是,我发现,在一条通往林后学校的小径边的含羞草的藤茎,就没有临近不常去的树林中的含羞草敏感,它们已学会不那么注意顽皮学生的碰触。

看着那羽状叶片快速由根部到十、二十英尺长的藤茎末端,一片接一片抬起头来再垂下头去,实在令人感叹。对植物的生命——它们的希望与恐惧、痛苦与欢乐,我们所知是多么少啊!

与一个田纳西老农同行了几英里,他对才听到的消息十分激动。"英格兰、苏格兰及俄罗斯三个帝国已经对美国宣战。啊,太可怕了,太可怕了!"他说,"这个大战争来得太快了,我们自己的大战才结束。唉,躲不掉啊,我只能说美国万岁,不过我宁可他们别打,我会感觉好得多。"

"但是,你确定消息是正确的吗?"我问。"哦,是的,十分正确,"他回答道,"我跟一些邻居昨晚去了镇上的商店,吉姆·史密斯认得字,他从报上看到所有的消息。"

穿过贫穷、破烂、死寂的詹姆斯敦,那真是个凄凉的村落。人们警告我这广阔高地的四五十英里范围内都十分荒凉,于是我提早开始找今晚的宿处。大约日落前两小时,快到坎伯兰高地顶端时,我来到一间木屋前。敲门后,一位妈妈样的老女人前来应门，我提出关于晚餐、住宿及明天早餐的请求，她说只要我有零钱付必要的费用，她很愿意提供她最好的东西。当我告诉她，我最小的票子是五块钱时，她说："那很抱歉，我无法收留你。不久前，十个士兵从北卡罗来纳州来，经过这里，第二天早上，他们要给我一张我找不开零钱的票子，于是我一毛钱也没拿到，我太穷了，负担不起这样的情形。""那好，"我说，"我很高兴你先讲清楚，我宁可挨饿也不愿意强迫你招待我。"

她显然很同情我疲倦的样子，我向她道别后转身准备离开，她就把我叫回来，问我要不要喝杯牛奶。我很高兴地接受了这个施舍，因为这一两天内，我很可能都找不到东西吃。然后我问她，除了到四五十英里外的北卡罗来纳州外，这条路上有没有其他住家。"有，"她说，"下一栋房子离这儿只有两英里，但再过去就没有了，除了几间空屋，它们的主人有些在战争中被杀死了，有些为了躲避战争逃走了。"

到达最后一间屋子，来应门的是个清爽、和颜悦色的娇小女人，在我提出住宿和食物等请求后，她说："哦，没问题，我想你可以留下来。请进，我叫我丈夫出来。""但我必须先说明，"我说，"我最小的票子是五块钱，我不愿意你们认为我强迫你们招待我。"

她随后喊来了丈夫，他是个在自家铁铺工作的铁匠。他手里拿着铁锤走了出来,赤膊,汗流浃背,肮脏,胸前长满了乱糟糟的黑毛。他妻子询问是否能让这年轻人留宿,他很快回答道:"行啊,叫他进屋来。"他正转身要回到铺子去,他妻子又加上一句:"不过他说他没有零钱付,他最小的票子是五块钱的。"他只犹疑了一下子,转身边走边说:"叫他进屋来,任何人肯先讲清楚,都可以吃我的面包。"

等他辛苦工作了一天,终于进屋坐下来吃晚餐后,面对着桌上简单的玉米面包和咸肉,他仍慎重祷告感谢天主。然后,他看着坐在对面的我说道:"年轻人,你来这里干什么?"我回答我是来找植物的。"植物?什么样的植物?"我说:"哦,各种植物;青草、野草、花、树、青苔、蕨类——几乎所有地上长出来的东西我都感兴趣。"

"嗨,年轻人,"他问道,"你的意思是说,你并非受雇于政府进行某些机密工作?""不,"我说,"我除了自己,不受雇于任何人。我喜爱各种植物,我是到南方各州来尽可能多认识些植物的。"

"你看起来颇有志气,"他回答道,"比起到乡下来闲逛、看野花野草,你一定能做些更有意义的事。现在时机不好,每个人都必须去做力所能及的真正工作。不管在什么时候,采花摘草都不能算是一个人的工作。"

我如此回答他:"你相信《圣经》,是吧?""噢,当然。""那你知道所罗门王是个很有志气的人,他也是大家看过最聪明的人,但是,他也认为值得去研究植物;我不只是去采它们,也研究它们。你一定听说他写过一本有关植物的书,书里不是只讲到黎巴嫩的香杉,也谈到石壁缝里长出来的小花小草。①

"因此,你看,在这件事上,所罗门王与你的差异比与我的差异要大。我可以向你保证,他一定在犹大地区的山脉中探寻过许多次;要是他是美国人,他也一定会查探这块土地上的每一根野草。还有,你难道不记得耶稣对他的门徒说过'想想看百合花是怎么长的',他还拿百合花的美比喻做所罗门王的光辉呢?好了,我是该听你的劝告,还是听耶稣的劝告?耶稣说:'想想百合花。'你说:'别去想它。那不值得有志气的人去想。'"

这个说法显然使他满意,他承认他从来没有用这种角度来看花朵。他一再重复说我必定是个很有志气的人,而且承认我采花是完全合乎道理的。然后他告诉我,战争虽然已经结束,但徒步穿越坎伯兰山依旧十分危险,因为仍有一小支一小支游击队藏身在道路的两旁。他急切劝我回头,在这个国家恢复平静秩序以前,不要考虑徒步到墨西哥湾那么远的地方。

我回答说我不怕,我没有什么值钱的东西,没有人会认为值

---

① 前面提过作者用的那本伍德的《植物学》,在书名页节录了《所罗门王》第四章第三十三节:"他提到了树木,从黎巴嫩的香杉,甚至谈到石壁缝里长出来的牛膝草。"

第二章 穿越坎伯兰山脉

得打劫我；而且，不管怎么样，我运气总是不错。第二天早晨他又警告我，劝我回头，但一点也打动不了我徒步旅行的伟大决心。

九月十一日。一长段平坦的沙石高地，只有些许犁沟般的浅谷与小丘。树木大部分是橡树，就像在威斯康星州的树林一样，四处散落生长。不少松树穿插在树林中，有四十至八十英尺高，另外，大部分地面都长着美丽的花朵。瓜子金、一枝黄花及紫菀特别茂盛。每半英里左右，我就会碰到一条清凉明澈的小溪，岸边长着王紫萁、桂皮紫萁及漂亮的莎草。几条大一点的溪流则有月桂与杜鹃镶边。树下大部分地方都长着坚韧的菝葜及悬钩子，它们长有尖刺，人几乎无法通过。房舍散落，而且无人居住，花圃及围栏也都倒塌了——悲凉的战争遗迹。

大约中午时分，我的路开始变得不清楚了，最后消失在荒凉的原野。饥饿加迷路，我虽知道方向，但荆棘使我难以通行。我走的路面长满了花，但同样多刺，让人寸步难行。想强行通过这些带刺的植物，不只衣服会被刺穿，而且扎得很紧。锯齿形弯曲的树枝像残酷的活动手臂，由你头顶上伸下来，你越挣扎，它缠得越紧，而你的伤口也越多越深。南方不只有捕蝇草，更有捕人植物。

在一番狠命的挣扎搏斗之后，我终于逃到一条路上，看到一间房子，但是没能要到食物与住处。接近日落时，我正在一条颇平直的路上疾走,突然看到十个并肩骑行的人。毫无疑问,在我看见他们之前,他们早看见了我,因为这会儿他们已经停下马来注视我。我立刻看出想躲开他们根本毫无可能,因为那边的路很开阔。我知道我只能勇敢面对他们,不能显露出些许疑虑。因此,我毫不停顿地快速大步向前,似乎意图从他们中间穿越。当我来到距他们一竿之遥时,我抬起头朝他们带笑地打招呼,说了声"好啊"。我毫不停顿地靠边绕过他们,再继续往前走,没有回头看,也没有显出丝毫怕他们抢劫的样子。

往前走了一百至一百五十码后,我在不停脚的状态下冒险回头瞥了他们一眼,看到所有十个人都把马头调转对着我,而且显然正在谈论我;可能在猜我在做什么,目的地是哪里,是否值得他们动手打劫。他们的头发都长及肩膀,胯下的马也都骨瘦如柴,很显然是一群凶悍的散兵,长期进行抢劫掠夺,阻挠和平到来。然而,他们并没有跟踪我,可能是我的植物压平器中露出的植物,使他们认为我是个贫穷的草药郎中。在这一带山区,这个职业很普遍。

天快暗时,在离路稍远的地方,我发现一间黑人住着的屋子,终于在那里要到了亟须的食物,有四季豆、牛奶及玉米面包。我坐在桌边一张没有底的椅子上,腿酸后,就越来越往下陷,只好把膝盖抵着胸部,设法把嘴放到盘边。不过,一旦饿到极点,这种事根本是小事一桩,这个挤缩的姿态使我不至于

第二章 穿越坎伯兰山脉　21

显出穷凶极恶的吃相。当然,当晚,我不得不以大地为床、与大树为伴,露天睡上一宿。

九月十二日。醒来发现全身被山露浸透了,在炙热的阳光把它们赶跑之前,这里是山露的秀场。经过坎伯兰山脉东坡顶端的蒙哥马利,那是个破落的村庄。在一户干净的人家要到了早餐,吃完后开始下山。景色极佳,视野辽阔,远处是层层的山脊与支脉。涉过一条宽阔清凉的溪流(埃默里河),它是克林奇河的支流。我生平第一次看到山涧,发现自然界再没有比山涧更动人的东西了。它的两岸长满了稀有的可爱花朵和枝干延伸弯曲的大树,使这里成了大自然最奇妙、最令人愉悦的处所。每一棵树,每一朵花,这可爱的溪流中的每一个涟漪及漩涡,似乎都让你感到伟大造物主的存在。在这美景中逗留良久,全心感谢上帝的仁慈让我来到这里享受这一切。

发现了两种南方常见的蕨类:蚌壳蕨科(Dicksonia)及一种长在树上小而纠结的水龙骨科(polypod)蕨类植物。还有一种玉兰,叶子很大,有猩红色圆锥形果实。在这溪流的附近,在长满青苔的巨石、花儿和鸟儿之间,我享受了愉快的时光。我从没到过如此的仙境。山边狭长的谷地中,水土肥沃,长满了橡树、玉兰、月桂、杜鹃、紫菀、蕨类、夹苔、叶苔等等。还有一堆堆高耸美丽的铁杉。加拿大常见的铁杉,我觉得是针

田纳西州克林奇河——路易斯维尔暨纳什维尔铁道局提供

叶树中最不高贵的一种。但长在坎伯兰山脉东坡的铁杉，形态完美，就像松树那样，姿态有如帝王，而且茂盛许多。往下走到坎伯兰山脉与坐落在州界的尤纳卡山脉间的谷地时，我找到一个缺口，得以一览美景。涉过美丽清澈的克林奇河（此河经过许多没有听过潺潺流水声的可爱山洼），天黑前抵达金士顿。把收集的植物样本寄回威斯康星我兄弟处。

九月十三日。走了一天，穿越与大山谷平行的几座小山谷。这些小山谷的沟槽似乎是后来挤压出来的，长满了各种植物，有的非常好看，不过每样东西都留有战争的痕迹。谷中的道路似乎都没有定规，左弯右拐，让人不小心就迷失了方向。就在我忙着找路去田纳西州劳登县的费拉德尔菲亚时，碰到一个健美的田纳西女孩，她说翻过山丘要近得多，她总是走那条路，我不应该会有问题。

我开始爬过燧石山脊，但是很快来到一串让人迷惑的小山谷，不管往哪个方向走，都无法接近费拉德尔菲亚。最后，靠我的地图及指南针，完全不管方向，我终于抵达一名黑人司机的屋舍，在那借宿了一晚，得到不少对黑人卡车司机相当实用的知识。

九月十四日。费拉德尔菲亚是个坐落在美丽环境中的肮脏村落。有些松树，黑橡树很茂盛。兰科六角蕨（Polypodium hexagonopterum）及圣诞蕨（Aspidium acrostichoides）是此地最普遍生长及繁茂的蕨类。绒紫萁很少，小而无果。离开坎伯兰山脉后，蚌壳蕨就多起来了。乌木铁角蕨（Asplenium ebeneum）在田纳西及肯塔基的许多地方都很普遍。不过在同一个区域，气囊蕨（Cystopteris）及淑女蕨（Asplenium filix-fæmina）就不普遍了。凤尾蕨（Pteris aquilina）很多但很小。

走过许多绿叶覆盖的山谷、荫凉的树丛，以及清凉的小溪。抵达麦迪逊维尔，一个活泼动人的村落。可以看到尤纳卡山脉的全景，宏伟壮丽。在一位个性开朗的年轻农人家过夜。

九月十五日。巨浪般层层起伏的绝妙山景。在山间开口处停留多次，歇息的同时也赞叹美景。这条小径在许多地方穿过岩石，在圆丘与山壑间蜿蜒。紫菀、蛇蜻菊[1]，还有葡萄藤紧密生长着。

夜幕降临前来到一间屋子，要求过夜。"如果你觉得你能以我长久以来生活的方式将就一夜的话，"这个山中人说，"那就

---

[1] 在伍德一八六二年版的《植物学》中，对蛇蜻菊（Liatris odoratissima）有一段很有意思的论述，这种植物一般又俗称野香草或鹿舌草："它们多肉的叶子在干燥几年后还会散发出浓郁的香气，因此，南方的烟草农夫把它们混在卷烟中，用香味遮盖令人作呕的烟草味。"

欢迎留下来。"这位老人十分健谈。他喜欢说冗长无聊的故事，猎鹿等等。早晨时，他设法说服我再留一两天。

九月十六日。他说："我可以带你去这附近最高的山，在那里，山的两侧你都可以看到，两边景观截然不同。除此之外，像你这样四处探险寻奇的人，应该看看我们的金矿。"我同意留下，去了金矿。在阿勒格尼山脉中有少量的金矿。这里的许多农人闲暇时，一年会花几个礼拜到几个月的时间去采矿。这附近，矿工每天可赚五毛到两块钱。离此不远还有几间规模颇大的石英打磨厂。一般工人一个月可以赚到十块钱。

九月十七日。花了一天的时间检视植物、观看铁铺及碾谷厂。在田纳西州及北卡罗来纳州较落后的地区，碾谷厂很简陋。只要把一块人可以夹在手臂下的小石头绑在一个简陋的手制回转水轮的垂直柄上，再加上一个漏斗和一个接谷子的盒子，就大功告成了。厂房的墙是直接砍伐幼树树枝组合造成，没有地板，因为木材昂贵。也没有水坝，水是沿着山边找到足够的水源后引导过来的。这法子在山区不难办到。

星期天，你可以看到许多不修边幅的山野人由树林中走出来，每个人身后都背着一袋玉米，从两加仑到一大篓都有。他们沿着蜿蜒在山间或谷地的青葱小径，穿过山杜鹃花丛来到碾谷厂。花朵及油亮的叶丛擦过他们的双肩及膝盖，偶尔弄掉他们的浣熊皮帽子。第一个到的人把他的玉米倒进漏斗，打开水，就进屋去。抽根烟，闲谈一阵后，他才会回来查看玉米是否磨成粉了。就算石磨空转了一两小时，也无所谓。

这是我在田纳西州看到的一般碾谷厂的设备及大小。这个碾谷厂是约翰·凡恩建的，他号称这厂一天可以碾二十篓谷物。不过自从转手后，一天只能碾十篓。所有田纳西州及肯塔基州的机械都十分落伍。这里找不到北方不断观察发明的精神。在这里做事，企图改进就好像是犯罪一样。纺织在山里的每一户人家都有，不过他们号称是为了节俭与经济。从事这种古老的艺术，在他们认为是一种进步，而不是后退的标记。"这边有一个地方，"我有钱的主人说，"不管是碾谷厂、店铺、储藏室、牛奶冷藏间，或是铁铺，全在一个院子里！牛也一样，一大堆壮女人在挤牛奶。"

这是我所见过最原始的村落，每样东西都简陋。在威斯康星州最荒僻的角落，也远比田纳西州及北卡罗来纳州的山区进步得多。可是当我的主人提到"古老没开化的时代"时，口气就仿佛他是最文明时代的一名哲学家。"我相信上帝，"他说，"我们的祖先来到这些山谷，找到最肥沃的地方，把土地最好的一层都用尽了。耗尽养分的土地现在再也长不出一粒玉米。但是上帝已预见这些，于是他为我们准备了其他的东西。那是什么呢？他要我们挖出这些铜矿与金矿，这样一来，我们就有钱买种不出来的玉米了。"真是极好的看法！

九月十八日。爬上坐落在州界的山。景色是我前所未见的宏伟。视野可以由北面的坎伯兰山脉一直延伸到南面的佐治亚州及北卡罗来纳州，约广达五千平方英里。那像海洋般一波接一波的树林，以及起伏重叠的青山，它们的雄伟壮丽实非言语所能形容。山巅无际的森林，重重叠叠，似乎一动不动地在尽情享受灿烂的阳光。所有这些连接的弧线及斜坡是如许柔美。啊！这就是上帝创造的森林天堂。这幅创作是多么完美无缺又神圣啊！又是多么简单又神秘啊！谁能解读这些森林教给我们的知识，这些低吟着穿过山谷、友善相处的小河，以及天父仁慈照顾下生长在这里的快乐万物呢？

九月十九日。在我要穿越这些山脉之前，又一次得到严重的危险警告。我那富有的主人还告诉我山中有个令人惊叹的峡谷，还建议我去看看。"那地方叫足迹峡谷，"他说，"峡谷里有许多岩石，岩石上有许多足迹，有鸟的、牛的、马的、人的，全都像陷进泥沼一样嵌在坚硬的岩石中。"向这位富有的主人以及所有的奇观道别后，我又继续南行。

我离去时，他又再次警告前途危险。他说那里有许多像野兽般凶暴的人，他们以掠夺为生，为了四五块钱或更少就可以杀人。停留在他家时,我注意到有个人天黑后就会到他家吃晚饭。他身上佩有一把长枪、一把手枪及一把长刀。我的主人告诉我,这人与他的邻居发生冲突,他们打算一见到面就杀个你死我活。他们两人都不能正常做工,或连续两晚睡在同一个地方。他们只有在找食物时才走进屋子。我看到的这个人,一吃完晚饭就离去,到森林里去睡觉,当然也不会点营火。他的对敌也一样。

我的主人说,他试图帮这两个人调解,因为他们都是好人,如果停止争执,两人都可以回去工作。大部分时间他提供的食物是没有加糖的咖啡、玉米面包,有时候有咸肉。不过咖啡是这里的人所知道最奢侈的东西。唯一得到的方法是卖皮毛,或特别的"参",也就是在遥远的中国有市场的人参①。

我今天一天的路径都是沿着海沃西(Hiwassee)河多荫的河岸前行②。此河是最奇特的山中之河。它的河道十分崎岖,因为它穿过朝上岩层的边缘,有些岩石呈直角,有些左右歪斜,于是产生了许多短而大的瀑布,而河流又因为水量及河床倾斜度的原因,流速受到限制。

---

① 作者的日志中有以下的附注:M县一年生产价值五千元的人参,每磅约值七毛钱。法律规定在九月一日之前不准采收。
② 在作者的日志中,将此河拼写为"Hiwassee",许多旧地图也采用此拼法。此河名可能是由印第安切罗基族的"Ayuhwasi"演变而来的,这是几个印第安早期部落的名称。

未开发地区的所有大河，不管是流经高山、沼泽或平地，都神秘、迷人又美丽。河道切割得很奇特，远比任何人造的精美建筑物来得神奇。最美妙的森林通常就在这些原始区域的河川两岸，无数瀑布与急湍为森林带来了声响。海沃西河就是这么一条河，它的河面闪耀着万点金光，两岸森林悬垂着藤蔓，还装饰了美丽的花朵，有如人间仙境。而从它谱出的音乐又是多么美妙啊！

　　在墨菲（北卡罗来纳州），我被警察拦下，从我的肤色及装束，他无法确定我是哪里的人，也无法判断我从事什么行业。内战后，在这些荒僻地区出现的每个陌生人都被认为是罪犯，会成为人们好奇心的目标，也会受到焦虑的盘问。在与这位墨菲的警长谈了数分钟后，他认为我无害，并邀请我到他家去。这是我离家后第一次见到阳台种有花及树藤的房子，而且由里到外一尘不染，陈设舒适雅致。与荒野残破肮脏的小屋相比，这简朴拓荒者简陋但整洁的大木屋实在令人耳目一新。

　　九月二十日。整日与毕尔先生一道徜徉于树林及山涧间。他带我去看了巴特勒堡（Camp Butler），那是斯科特将军[①]把切

[①] 斯科特将军（Winfield Scott，1766—1866），美国将领，他在一八三八年展现高超的交涉技巧，说服一万六千名愤怒的切罗基族印第安人从田纳西州和南卡罗来纳州和平迁移到西部印第安保留区，还说服他们接受天花疫苗接种。

罗基族印第安人逼迁至西部新处所后所设立的指挥总部。在海沃西河的岩岸边找到许多稀有的奇异植物。下午，在山脉的主峰，我看到了一幅极美的青蓝微弧形山景。在树林间，我第一次看到冬青槲（Ilex）。毕尔先生告诉我，山里或这附近的女人之所以脸色苍白，主要是因为抽烟或所谓的"浸汲"。我从没听过"浸汲"这个名词，其实就是指用块小纱布包起强力胶后用力吸食。

九月二十一日。绚丽的森林！许多小溪穿流于道路间。我上午经过的布莱尔斯维尔（佐治亚州）似乎是个不规则而且没有什么重要性的小村落。但这村落被一串山丘包围，倒是显得气象宏伟。晚上被一位热诚的农夫招待留宿，他的妻子虽然外表敏捷整齐，但抽烟成癖。

九月二十二日。山丘开始变小，有贫瘠的泥土覆盖。他们称之为"圆丘地"。这些地被单耙犁开垦过。每一场雨都会冲走一些土里的养分，但地底下却得到滋润。大约中午时分，我抵达到海边前的最后一座山，名为蓝岭。山脉前是一片跟我以前所经过的地方迥然不同的景象。广阔整齐的黑松树林一直延伸到海；不管任何时间、任何情形下，这景象都让人印象深刻，尤其是刚从山里走出来。

第二章　穿越坎伯兰山脉

随着三个贫穷但开朗的山中人前行。他们是一名老妇人、一名年轻女人及一名年轻人，他们或坐或靠或躺在一辆篷车里，那辆车破烂得好像全靠魔力支撑着才没肢解，而拉着篷车的骡子一头很大，一头又很小，使得它更加摇摆不定。下坡时，缰绳松弛，篷车的轮轴使骡子退到篷车下几乎看不见，而车上三个人则滑到车前的挡板，在骡子的耳后挤成一堆。而他们还来不及从这个不雅的姿态中恢复过来，路面又倾斜到把他们嗖一声撞回后面的挡板，那姿态更古怪。

我预期会看见这三个男女及骡子混成一团跌落到某个山沟里，但他们似乎对篷车的前后挡板有十足的信心。于是，他们按着路的起伏，遵照万有引力的定律，由一端到另一端继续舒适地滑上滑下。当路不再那么颠簸时，他们就谈论爱、婚姻、营地聚会等乡村习俗。那个老妇人经过这么多颠簸起伏的路面，手中仍牢牢捧着一束芳香万寿菊。

这附近的山边有茂盛的紫菀。傍晚时分抵达约南山（Mount Yonah）。与一个身为奴工主人及矿主的美以美会（又称卫理公会）教徒有一番长谈。享用了一杯美好的苹果西打，精神为之一振。

第三章
穿过佐治亚州河流区

九月二十三日。我已经几乎完全离开山区了。但是气候并没有重大变化,因为纬度的减少被高度的增加平衡了。这些山脉是北方植物向南扩展的通道。在我旅行的路途上,有许多小区域南北植物交错生长;但是到了阿勒格尼山脉南侧,才有大批代表两种气候的坚韧植物出现。

经过凉爽怡人的小镇盖恩斯维尔。查塔胡其河两岸长满了巨大葱郁的深绿色黑栎,树上被稠密的圆叶葡萄藤覆盖,那葡萄藤华丽的叶子正好搭配上两岸织锦般的风光,其间更穿插点缀着他种美丽的藤蔓,以及颜色艳丽的花朵。这是我生平第一次见到真正的南方河流。

晚上我到了一个年轻人的家里,他是我在印第安纳的同事普瑞特先生。他南下回来探望父母。这是一间位于未开发树林中的朴素小屋,躲在离河不远、林木缠绕的小丘里。整个晚上我们广泛谈论着南北方的情形。

九月二十四日。整日与普瑞特先生坐船畅游查塔胡其河，吃着头顶葡萄藤上掉下来的葡萄。这种与众不同的野生葡萄有十分粗壮的茎，有时有五六英寸粗，表面光滑，木质坚硬，与我以前见过的野生或种植的葡萄都大不相同。葡萄本身很大，有的直径几乎有一英寸，滚圆形，而且味道极好。通常三四粒长成一串，成熟时会自己掉下来，而不是在藤上腐烂。在岸边的漩涡里可以找到大量掉入河中的葡萄，船上的人把它们捞起来，有时酿成酒。我认为这种葡萄的另一个名字叫斯卡巴农①，不过此地人称之为圆叶葡萄。

除了坐船游河外，我们也在植物纠缠但荫凉的查塔胡其盆地中走了许久。

九月二十五日。与这个友善的家庭道别。普瑞特先生陪我走了一小段路，一再叮咛我小心响尾蛇。他告诉我，现在正是这些蛇离开低湿洞穴的时候，因此更加危险，因为它们都在外

---

① 指美国南方种的圆叶葡萄，又称麝香葡萄（foxgrape 或 muscadine，学名 Vitis rotundifolia）。斯卡巴农（Scuppernong）是它古老的印第安名字，起源于这种黄绿色大葡萄主要产在南卡罗来纳州斯卡巴农河流域。伍德的《植物学》称之为"Vitis vulpina L."，他同时解释"此品种的葡萄在南方的果园普遍被叫作'斯卡巴农'"。

爬行。带着警告，我往沙瓦纳河出发，但是在藤蔓围绕的山丘间及河床低洼处迷了路。找不到普瑞特先生指示我可以涉水而行的浅滩。

于是我决定不去理会道路或浅滩，只是朝南前进。经过多次失败后，终于在河岸边成功找到一处地方，可以强行穿过纠缠的藤蔓进入河中。一段涉水而行，一段游泳，我成功渡过了河。我不在乎弄湿自己，因为在这烈日下，身上没一会儿就会干了。

快到河中心时，我发现水流很急，难以抗衡。虽然我拿了一根很粗的树枝作为支撑，又一再努力，还是被水流带走了好长一段。不过，我终于成功游到对岸浅水处，很幸运地攀住一块岩石，待休息一阵后，才又游又走地上了岸。我拉着头顶上垂下的藤蔓，把自己拖上陡峭的岸边。我把钞票、植物标本摊开来晒干，自己也伸展开四肢晾晒。

我在内心挣扎，是该沿着河谷走，直到找到一条船，还是自己用树干做一艘船，坐船沿河穿过佐治亚州而不靠步行。我被河两岸美丽的奇景迷醉了，想象着当河接近出海口时景色将何等壮丽。但最后我还是觉得，步行要比醉人的船行收获更多，于是一等身上干了，就继续徒步南行。响尾蛇非常多。晚上借宿农舍。在花圃里找到一些热带植物。

棉花是这一带的主要农作物，采棉的工作目前正愉快进行着。现在只有较低处的夹谷成熟了，较上方的还是青的，尚未进开。再高一点则还是花蕾及花，如果植株茂盛，气候又好，一直到一月前，这些花蕾及花仍会不断结果。

工作的黑人都友善愉快，高声谈笑，工作懒散。一个精力充沛的白人专心工作，所采的棉花抵得过六名黑人（Sambo）或黑人与印第安人的混血儿（Sally）。这里的森林几乎全部是暗绿、枝干多节的松树，稀疏生长。土壤则大部分是白色细沙。

九月二十六日。下午抵达雅典，一座十分美丽又贵族化的城镇，城内有许多古典又宏伟的富裕农庄。这些农庄的主人以前拥有更南边最好的棉花及糖产地，也蓄养了大量农奴。四处都明显显露文化教养与富裕的迹象。这是我这趟旅行到目前为止所见到的最美丽的城市，也是唯一我愿意再造访的南方城市。

这里的黑人都被训练得很好，而且很有礼貌。当他们在路上看到有白人经过，即使是四五十码外，他们都会马上摘下帽子行走，一直到白人男子走出视线。

九月二十七日。在古老的农庄间迂回行走，有些农庄仍旧由战前替他们工作的黑奴用以前的方法耕种，他们也仍旧住在以前的"房间"里。他们现在一个月有七至十块钱工资。

这沙质又少荫的低洼地区,天气酷热。在一处有树丛和藤蔓遮荫的沙石盆地中,我找到了一道泉水,享用了这极难得的甘泉。在这里发现一种很美的南方蕨类,还有一些新种草类。我想我是在干渴到眩晕时被上帝带到了这里。在这一带,甘美的清泉、凉爽的树荫及稀有植物极少会适时出现在同一个地点。

我见到了进入这明亮的光世界后最为绚烂的落日。阳光的南方的确灿烂。经由一名有教养的黑人指引,我找到了当晚的宿处。这一带每日的饭食是甜薯与生硬的咸肉。

九月二十八日。在溪流的两岸及低洼潮湿地区,黑栎很茂盛。草长得很高,像手杖一样,不像北方的那样密密铺盖地面。现在我身边满是陌生的植物。一天走下来,很少看到熟悉的花朵。

九月二十九日。今天我碰到了一种奇特的草,十至十二英尺高,生着极美的圆锥形油亮紫花。它的叶子也一样,形状完美。它们大多生长在多阳光的近河低地或缓缓流动的溪水及沼泽边。它们似乎知道自己尊贵的身份,以欧洲山松般高贵庄重的姿态舞动。我真希望能够把这种尊贵的植物移植一棵到西部的草原区。当然,那朵朵圆锥形的花都朝着它们的国王愉快地摇摆并低头致敬。

九月三十日。在从汤姆森到奥古斯塔的途中,我发现了许多美丽的陌生草类,还有高长的洋地黄、蟛蜞菊及石松等。这里也有北方没有的长叶松(Pinus palustris),树高有六七十英尺,树干有二三十英寸粗,松针长十至十五英寸,丛生在光秃的枝桠顶端。这种松树木质坚硬光亮,是极好的船桅、桥梁及地板的素材,大部分被运到西印度群岛、纽约及德州休斯敦外港加尔维斯敦。

对一个北方人来说,五六龄的长叶松幼苗可是件很奇特的东西。它们的枝干挺直无叶,顶端镶着一个散开如掌状的深绿叶冠。孩子们觉得它们像扫帚,在扮"家家酒"时就拿来当扫帚用。长叶松在佐治亚州及佛罗里达州都很茂盛。

此地的沙质土壤含有一小层石英石及黏土。缓慢的风化作用导致这层黏土渐渐流失,最后只剩下沙土。虽然此地的土壤呈沙质,但地表到处可见到不流动的水,这明显是因为前面所提到的这层不透水的黏土层。

今天没吃午餐及晚餐,一共走了四十英里。没有一家人肯收留我,因此我不得不赶往奥古斯塔。饿着肚子上床,早上醒来胃痛。痛的原因我想是因为胃壁在互相摩擦,它们之间没有东西。一位好心的黑人指引我去最好的旅馆,它的名字好像是叫"耕植者"。花了一块钱睡到一张舒服的床。

十月一日。在市集里找到便宜的早餐；然后沿着沙瓦纳河前去沙瓦纳。极好的青草，还有浓密茂盛藤蔓攀附的森林。一车车圆叶葡萄。紫菀及一枝黄花渐渐稀少。莎草极少见。豆科植物丰盛。有一品种的西番莲很普遍，一直往北延伸到田纳西州；这里的人称之为"杏藤"，它的花朵很美，果实是我吃过最美味的水果。

这里种植石榴。果实有橘子这么大，皮厚而硬，切开后里面有许多小囊，囊中满是紫色透明的甜颗粒。

傍晚时分，我来到一个地方，这儿生长着一种极奇异的南方植物，名叫铁兰（Tillandsia usneoides，俗称 Long Moss 或 Spanish Moss）。它是一种开花植物，与凤梨同属凤梨科（Bromelworts）。这里的树枝干上全垂挂了这种植物，产生十分特别的效果。

在这里我也发现一种无法穿越的柏沼（cypress swamp）。这种奇特的柏树是杉科（Taxodium）的一种，长得又高又大，但树顶很奇怪全是平头。整个树冠顶端几乎同等平整，好像所有树上端都有天花板挡住，或者在生长时被修剪过。这种柏树是我所见过唯一平头的树。它的枝干虽然散得很开，但都很小心地不互相超越，好像突然碰到了天花板。

树林或小树丛中爬满了壮盛的常绿藤蔓。这些藤蔓生长时

一棵南方松——赫伯特·格利森（Herbert W. Gleason, 1855—1937）摄

铁兰——赫伯特·格利森摄

并不是分开的一小组或整齐的一小圈,反而肆无忌惮地蔓延成一堵厚墙或一堆小丘。我开始感觉我到了一个陌生的地方。我几乎不认得任何植物,只认识少数鸟类,我也看不到附近的景色,因为这庄严、阴暗又神秘的柏树林遮盖了所有东西。

风中充满奇怪的声响,让我觉得远离了人群、植物及家乡肥沃的田地。夜渐临,我有难以言喻的寂寞感。觉得有点发烧。在又黑又静的溪流中洗了澡,一边紧张地提防鳄鱼的出没。在棉田中找到一户棉庄主人家留宿。虽然这个家庭看来颇为富裕,但壁炉中燃烧北美油松发出的微光是整个屋子唯一的灯光。

十月二日。在沙瓦纳河谷低处的森林中,忙于采集新的植物标本。有大自然精心处理过的瘙痒草(Agrostis scabra)。松树和其他摆着开阔的迎客姿态的植物壮丽并列着。

遇到一个年轻的非洲人,与他长谈了很久。对他有关猎浣熊、鳄鱼及许多迷信的动人诉说颇觉好玩。他指给我看一处火车曾经出轨的地方,并很确定地告诉我,那些遭难的亡魂每个黑夜都会出现。

日落后又走了一大段路,最后终于得以在柏金思医生家留宿。在花园中看到栀子花(Gardenia florida)。听了一大套有关战时的情形、黑奴问题及北方政治的论说。典型的南方家庭;态度和善有礼,但对任何有关黑奴的事却有十分固执的偏见。

这家人的餐桌跟我以前见过的都不一样。它是圆的,中间有个转盘。任何人想要食物,就把盘子放到转盘上,盘子会被转到主人面前,添加好食物后再转回来。如此,不需麻烦别人传递,每个人的盘子就可以转到面前。

十月三日。这一天大部分时间在"松树荒原"前进。那是一大片低平的沙地;松树稀落,在树间阳光充足的地方有美丽丰盛的草、蟛蜞菊及高长的一枝黄花,也看到锯棕草等,把地面装饰得像个花园。在这里我可以很愉快地在冲积河床上自由漫步,无需担心遭遇带刺的藤蔓和树丛。低矮的栎属橡树很普遍。

傍晚时抵达坎麦隆先生的家。他是个有钱的农庄主人,有一大堆黑奴在棉花田里为他工作。他们仍然称他为"主人"(Massa)。他告诉我,现在他花在雇用劳工上的费用比黑奴解放前少。当我抵达时,我发现他正忙着清除一些轧棉机上的锈斑,这些机器在推动水车的水池底躺了几个月,为的是不让比尔·谢尔曼①的"饭桶们"把它们摧毁。磨谷场及轧棉场的大部

---

① 谢尔曼(William Tecumseh Sherman,1820—1891),人称"狂野比尔",美国南北战争中的北军将领,以火烧亚特兰大和著名的"向海洋进军"而闻名于世。谢尔曼将军坚信如果要提早结束战争,就要彻底毁坏并截断南方资源,溃灭南方的抵抗意志。烧掉了整座亚特兰大城后,行军所经之处粮食与牲口全被烧杀一空,平民建筑亦全破坏殆尽,铁路被拔起而扭曲。

分值钱的东西都用同样的方法藏起来。"如果比尔·谢尔曼，"他说，"现在不带军队南下来这里，他就甭想回去了。"

当我问他今晚能否给我一餐饭，并让我留宿，他说："不，不行，我们无法招待旅者。"我说："我是个旅行收集标本的植物学家。我如果找不到住处就必须露宿野外，在我从印地安纳徒步走来的这段远行中，有许多次就必须这么做。可是你知道这一带多沼泽，请你至少卖给我一片面包，让我喝一口你井中的水，然后我会去找一块干的地方躺下。"

然后，在问了我几个问题，仔细盘查一番后，他说："好吧，我们不太可能找到地方供你睡觉，不过你跟我到屋子来，让我问问我妻子。"显然，他十分谨慎，在答应留我前要先询问妻子的意见，看她觉得我是个什么样的人。他把我挡在门外，然后把妻子叫出来。她是个漂亮的妇人，她也仔细盘问我，为什么战争一结束就来到这么遥远的南方。她告诉丈夫，她想也许可以找到地方让我过夜。

晚餐后，我们坐在炉火边谈论我最喜欢的植物，我描述我这一路经过的地方及这些地方的植物特性等等。然后，很明显地，他们对我是否是好人的所有怀疑全消失了，两人都说他们不会因为任何原因拒绝我，不过请我原谅他们的谨慎，因为这里并不在交通要道上，从这里经过的人，不到百分之一是值得信赖的。"才在不久前，我们招待过一个言语有礼、衣着整齐的人,但这人偷了些值钱的银器后在半夜开溜了。"

坎麦隆先生告诉我,当我来到时,他曾用暗号试探我是否为共济会成员,但发现我不是,他仍然很怀疑我为什么敢在这种混乱时期,在没有共济会兄弟帮忙的情形下到各处探险旅行。

"年轻人,"听了我谈论植物学后,他说,"我了解你的爱好是植物学。我的爱好却是电力。我相信那个时代就快来临了,也许我们看不到,但是那个现在只用在电报上的神秘力量,终究会被用来行驶火车、轮船或照明,换句话说,电力会被用来做世界上所有的工作。"

自那以后,我有许多次会不由自主地想到这位佐治亚农庄的主人极正确的看法,他比世上几乎所有人都有远见。所有他预见的事几乎都已经实现,而电的用途也一年比一年广泛。

十月四日。新的植物不断出现。整日身处浓密、潮湿、黑暗、神秘的平顶柏树林中。

十月五日。第一次见到宏伟高贵的香蕉树茂盛地生长在道路旁的田园里。晚上与一户和乐又有智慧的沙瓦纳家庭一起度过,当然,像往常一样,经过仔细的盘问后,我才被允许留宿。

十月六日。无边的沼泽，仍旧被坚韧的藤蔓围绕。这里光线幽暗，又从不受风沙酷旱骚扰。有许多地方似乎被水生植物完全覆盖。

十月七日。无法穿越的柏沼似乎无边无际。银色的铁兰串越来越长，也更茂盛。与一户非常和善的佐治亚家庭消磨了一晚，当然事前也历经一番盘问。

十月八日。发现第一种木本的菊科植物（compositae）。这是一个颇值得注意的发现。老远就能看见它们。这里几乎所有的植物都是常绿的，叶子厚而油亮。洋玉兰（Magnolia grandiflora）开始普遍出现。这是花朵、树叶及果实都十分华丽的植物。在接近沙瓦纳的地方，我发现一处废墟长满了茂密的木本豆科植物，它们有八至十英尺高，羽状叶，挂着摇晃的豆荚。

抵达沙瓦纳，但没有接到家中的任何讯息，我要我兄弟从波蒂奇（威斯康星州）电汇的钱也还没到。感到万分孤单与贫穷。找了个我能找到的最破烂的寄宿处，因为它便宜。

第四章
墓地露营

十月九日。再度去了电汇局及邮局，又在街上闲逛了一阵子后，我发现一条路把我带到了波那文都墓园。如果《圣经》中所提到的加利利海对面的那个墓地有波那文都墓园一半美丽，我不怀疑人可以居住在墓园中。它距沙瓦纳只有三或四英里，一条平坦的白色贝壳路连接彼此。

不论陆地、水上或天空，都没有东西可以让人联想到波那文都墓园有多美丽。路的两边是不规则的荒僻土地，覆满了粗贱的野草，没有丝毫被开垦的痕迹。可是很快一切都改变了。摇摇欲坠的茅屋，倒塌的围栏，最后一块有谷物残株、野草蔓生的空地都过去了。你来到紫色蟛蜞菊的花床及壮盛的天然林园。你可以在这座宏伟的老森林墓园中，听到小溪对岸鸟儿的歌声，享受与大自然相伴的喜悦。一切是这么的美丽，以至于任何有理性的人都会选择在这里与死人同居，而不愿与懒散的活人同住。

此地一部分已被开垦，大约一百年前有个有钱人在此种植了栎属橡树，也建造了他的乡间居所。但是大部分土地都没有被惊动。就算那些被人工碰动过的地方，大自然也再度接手，把它们弄成没有人的足迹践踏过的样子。只有一小部分土地被坟墓占据，而那座老庄院也残破不堪。

波那文都墓园最引人注目的地方是栎属橡树排出的康庄大道。它们是我所见过最宏伟的人工栽种树木，大约五十英尺高，树干直径约三四英尺，树冠宽阔多叶。主干隐藏于树叶中，水平延伸，与道路另一边的树干互相交错，而每一根枝干同时又被蕨类、花朵、青草及短茎萨巴尔榈装点得像个五彩缤纷的花园。

可是这座奇特树林内的所有植物中，最引人注目又个性十足的植物是铁兰。它像帘幕般从上到下盖满了树木枝干，无数银灰色丛串，每串长度不下于八至十英尺。当它们随微风缓缓飘动时，给人一种庄严忧郁的奇特感觉，久久挥之不去。

另外，当然还有无数小树与矮树丛，它们生长旺盛，光彩夺目，几乎完全遮蔽了树干。这地方有一半被盐沼及河中的小岛包围，其中的芦苇和莎草为它镶上了美丽的边框。许多秃鹰在沼泽边的树上栖息。每天早晨都可以听到秃鹰的啼叫混合着乌鸦的聒噪，还有密荫深处传来的无数鸟鸣。大群蝴蝶、各类昆虫似乎都在快乐地飞舞跳跃助兴。整个地方充满了生命力,死者并不是这里唯一的统治者。

对我而言,波那文都墓园是我所见过动植物共存最令人印象深刻的地方。西部的草原,威斯康星花园般的明朗景色,印地安纳州及肯塔基州的山毛榉、枫树与橡树林,幽暗神秘的沙瓦纳柏沼,都让我眼界大开;但是,从我能徜徉于树林中开始,从没有一种树能像波那文都墓园中树兰垂盖的橡树那样,为我带来心悸的感觉。

我像是一个从另一个世界初来乍到的人,悚然敬畏地瞪视着这一切。波那文都被称为墓园,一座死人之城,但是与强烈的生命力比较起来,几座老坟显得软弱无力。流水的涟漪,鸟儿的鸣唱,花朵欢欣的自信,橡树不移的沉静庄重,把这座墓园变作上帝最喜爱的生命与光亮的泉源之一。

人类对死亡所抱持的观念既曲解又悲哀,没有任何事比得上。我们没有看到大自然中生命与死亡明显友善的结合,反之,我们被告以死亡是意外,是对最古老的罪可悲的惩罚,是生命的大敌等等。尤其是城市的孩子,更是过分浸淫于这种传统的学说中,因为在城里鲜见死亡的自然美,大人也从不教导。

暂且不论人类对死亡无数不同形式及方法的残害,光就人类本身来说,我们对死亡的最美好记忆仅止于叹息与眼泪,其

第四章 墓地露营 49

沙瓦纳的波那文都墓园——赫伯特·格利森摄

中纠缠着病态的鼓舞,就算是寿终正寝也一样;穿着黑衣、面带哀戚地出席葬礼;最后,一口黑棺葬在一个想象中各种鬼魂出没的阴暗恐怖的地方。因此,死亡使人害怕,于是,临终者的最后遗言"我不怕死"成了最可贵又令人难以置信的事。

但是,让孩子走入大自然,让他们看到死亡与生命美丽的融和交流,它们不可分离地快乐结合在一起,就像森林与草原、平地与高山、溪流与星星那样,孩子们就会了解死亡事实上并不痛苦,它跟生命一样美丽,坟墓并没有战胜生命,因为两者间从来没有战争。一切都如上帝安排的那样和谐。

波那文都墓园内的几座坟大部分都种了花。通常,坟前靠近竖立的大理石墓碑旁边种着玉兰,坟后是一两株玫瑰,坟上或两边则是紫罗兰或鲜艳奇特的花朵。这一切都用黑色铁栏围住,那些坚固的铁杆可能是地狱战场上的矛刺或棍棒。

观察大自然如何勤勉地补救这些愚蠢的人工作物,着实是件很有意思的事。它腐蚀铁栏及大理石,把隆起的坟头渐渐铲平,好像是过重的泥块不应压在死者的身上。弯曲的绿草一棵接一棵长出来;种子默默无声地舞着柔软的翅膀飞来,把生命的至美带给人工的尘土;而壮盛的常青树枝干装饰着各种蕨类,树兰的帘幕更覆盖了所有一切——生命在各处滋长,消灭了人类的所有迷惑记忆。

在佐治亚州,许多坟墓有像水井那样用四根柱子撑起的木片屋顶，好像日光与雨水不是上天降下的祝福。也许，在这有害身体的酷热气候中，日晒和雨淋成了非铲除不可的必要之恶，有些人不愿意死去的家属受到它们的残害。

我预期的邮汇钱包一直到第二个星期才收到。第一晚住了那家便宜但破烂的旅店之后，由于钱包里只剩一块五毛钱，我不得不开始露宿，以便把钱省下来买面包吃。我走离喧闹的市区，希望找块不潮湿的地方睡觉。我走到靠海那面的城市边缘，发现了一些低矮的沙丘，被一枝黄花覆盖成一片黄色。

我在及踝的沙中，疲惫地由一座沙丘踱到另一座沙丘，希望在高高的花干下找到一个不受虫蛇侵袭又远离人们的地方睡觉，后者尤其重要。可是无所事事的黑人到处乱窜，我有些害怕。风中有奇怪的声音，不停地把圆锥形花朵重重打到我头上，我又怕染上此地颇为普遍的疟疾，突然，我想到了墓园。

"那里，"我想，"对身无分文的流浪者来说，再理想不过了。没有那些迷信的坏人潜行，因为他们怕鬼，而对我而言，那是上帝赐予的平静安息所。再者，如果我得暴露在不健康的雾气中，至少我能欣赏月光下的宏伟橡树，以及这个孤寂美丽的地方所有无可言喻的动人处，这可是最高级的补偿。"

到这时天已近黄昏，于是我加快脚步穿过沙地走回道路，向波那文都墓园前进。我对自己的决定十分满意，几乎是很高兴地发现，现实给了我一个很好的借口去做我知道我母亲会责备我的事；当初她要我承诺，如果能避免，绝不露宿野外。在太阳下山前不久，我经过了黑人的小屋及稻田，在幽暗寂静下接近墓园。

在湿热的空气下长行使我非常口渴。由城里到墓园有三四英里路。就在墓园外道路下有一条咖啡色的幽暗缓流，我不顾黑暗中可能遭受蛇及鳄鱼的袭击，设法穿越稠密的树丛，终于喝到了几口水。于是，恢复精神的我踏进了这个怪异但美丽的死人居所。

我走的每一条路都在阴影下，但两边暴露在夜光下的墓碑却闪出耀眼的白，晶莹剔透的莓子在稠密的树丛中闪闪发光，像一堆堆水晶。没有一丝流动的空气摆动灰色铁兰，大树的黑色手臂在头顶上互相连接，覆盖住整条道路。但这整张绿荫床罩，在叶间有一小点一小点缝隙，月光从中穿透，替黑影镶上了银边。虽然极端疲倦，我仍然闲步了一会儿，沉醉其中，然后才找了棵大橡树，在底下躺下来。我找了个隆起的土堆当枕头，把植物压平器及旅行包放在身边，睡了一个不错的觉，不过有足部带刺的甲虫爬过我的手及脸，还有许多饥饿的蚊子叮咬我，扰了这场好觉。

当我醒来，太阳已升起，大自然的一切又清新欢愉。有一些鸟儿发现了我，认为我是入侵者，用各种有趣的语言和姿态费力骚扰我。我听到秃鹰的嘶啼，以及溪流中陌生的鸟鸣。我也听到远处沙瓦纳人的吟唱，夹杂着黑人震人心弦的长啸。我起身后，才发现头枕的是个坟堆，虽然我不像身下那人睡得那么沉，但也精神饱满。我向四周望去，初阳的光芒从沾满朝露的橡树与花草间涌上，眼前所呈现的美景是如此光辉灿烂、令人赞叹，所有的饥饿奔波似乎是一场梦。

吃了一两块饼干当早餐，用了几个小时观看光彩、鸟儿、松鼠、昆虫后，我又回到沙瓦纳，发现钱仍旧没到。于是我决定提早回到墓园，做一个有顶的窝来挡露水，因为我不知道还会在这里耽搁多久。我在沙瓦纳河右岸附近稠密的莓子树丛中找到一个隐蔽的处所。那里是秃鹰与无数鸣禽的窝巢。这地方是如此隐蔽，以至于我必须在心中默记由主要道路边我做记号处通到这里的路径，这样晚上要睡觉时才不至于找不着。

我用四株树丛作为我的小窝的四根柱子，再把两边的细树枝打结充当克难屋顶，地上则铺上厚厚的铁兰当成床，整个空间有四五英尺长，三四英尺宽。我的居处小到我不只可以搬走床，更可以扛起整个屋子走。当晚，我吃了几片饼干后，就在那儿睡下了。

第二天我又回到城里，像昨天一样失望，钱还没到。于是，我花了一天时间观看城里漂亮的宅邸内庭及公园里的植物后，又回到墓园的住处。我不愿被看成是一个到处躲藏的罪犯，因此总在天黑后才回去。有一晚，当我打算在铁兰制床铺躺下时，觉得里面有个冷血的东西；我不知道那是蛇还是只青蛙或蟾蜍，但我没有抽回手，反而本能地抓起那可怜的东西就往树丛顶上丢出去。这是仅有一次我遭遇到的干扰，或可说是害怕。

早晨，一切似乎又恢复祥和。只有松鼠、阳光、鸟儿来到我身边。它们发现我的窝后，我每天就被这些小歌唱家叫醒。这些鸟儿刚来时，不会立刻热诚地唱出晨歌，而是先停在距我小窝两三英尺的地方，从树叶空隙处观察我，以半恼怒半好奇的声调喋喋不休。鸟群越聚越多，都被这骚扰吸引了。如此这般，在这神奇的原始地方，我开始与我的鸟儿邻居们熟识，它们了解我没有恶意后，就用歌唱来代替喋喋不休的责备。

过了五天这种墓园生活后，我发现就算每天只花三四分钱，我仅剩的二十五分钱也会很快用光。一次又一次找工作失败后，我开始想，假使我可以依赖烤过或生的玉米或稻谷生存，我就必须再往乡下走一点，希望碰到还没有收成的田地，当然，还必须在可以走到城里的距离内。

到这时我已开始感觉眩晕，在走到城里的路上警觉到自己步履蹒跚，头晕眼花。面前的路不断向我扑来，路两边凹处的小溪像是涌上了山坡。于是我发现自己已经饿到会有生命危险的程度，越来越急着想收到寄来的钱。

在第五或第六天的早晨，当我探问钱是否到达时，很高兴地听到它已经到了,可是无法证实我的身份,他们不能给我。我说:"看!这里有我兄弟寄给我的信。"我把信交给他。"信上说明了钱的数目,由哪里寄出的,以及在波蒂奇市付邮的日期,我想这应该够了吧。"他说:"不,不够。我怎么知道这信是你的?你可能是偷来的。我怎么知道你就是约翰·缪尔?"

我说:"你看,这封信上指出我是一个植物学家,对不?信里我兄弟说,'我希望你一切愉快,并找到许多新种植物'。好,你说这封信可能是我从约翰·缪尔那儿偷来的,因此知道有一笔钱会从波蒂奇市寄来给他。不过这封信证明约翰·缪尔一定是个植物学家,虽然如你所说,这封信可能是偷来的,但是这个小偷不太可能把约翰·缪尔的植物学知识也偷来。我想,当然,你在学校一定也学过一些植物学,不妨考考我,看我是不是懂一些。"

他对我说的话和善地笑了笑,显然我的辩解既强又有说服力,不过,也许是同情我看起来苍白又饥饿,他转身去敲了一间办公室的门——想必是经理的办公室——把里面的人叫了出来,他说:"某某先生,这里有个人在过去一个礼拜天天来问是否有笔钱从威斯康星州的波蒂奇市寄来。他是个从外地来的陌生人,这里没有人能证明他的身份。他所说的钱的数额及寄信人的名字都对。他有一封信指出缪尔先生是一位植物学家,虽然与缪尔先生同行的人有可能偷了他的信,却不可能偷走他的植物学知识,他要我们考他。"

办公室的主人笑了,盯住我的脸仔细看了一阵,挥了挥手说道:"让他拿去吧。"我高兴地把钱放入口袋后,沿着街还没走几步路,就碰到一个非常壮硕的黑女人捧着盘姜汁面包,我马上投入了些刚收到的新财富,开心地在街上边走边吃,毫不掩饰我快乐的吃相。然后,我仍觉得饿,就来到市场的小吃聚集处,为胃里的姜汁面包又填上一大份正餐!于是,我的《行过佐治亚进行曲》[①]就在面包狂欢节中圆满结束。

[①] 《行过佐治亚进行曲》(*Marching Through Georgia*),乃一八六五年美国内战末期沃克(Henry Clay Work)所谱写的一首进行曲,内容描述一八六四年九月北军一举攻下亚特兰大后两个月所开始的著名的焦土战术"向海洋进军",北军在这回进军中彻底摧毁了南军的各种军事设施,沉重打击了敌人的经济力量,使南方经济陷于瘫痪。

第五章
跋涉过佛罗里达州的沼泽与森林

　　到目前为止我经过的州中，我最喜欢佐治亚州的人。他们态度迷人，所住的房子也比邻州的宽大舒适。不管花费多少钱装修房子或培养气质，他们都不会像新英格兰人那样，好像这一切是不断痛苦牺牲与训练的代价。他们完全去除了人为的压力与标准，把自然界的坚忍与迷人处融入个性的发展与塑造。

　　就算是最平常的佐治亚人，对待陌生人也有一种特别热心迷人的方法。他们把"先生，祝你安好"随时挂在嘴边。佐治亚的黑人的举止也极端有礼，好像永远都十分高兴与任何人打交道。

　　雅典市有许多美丽的住宅。我从没见过一户人家会仅仅为了房子的美观而做这么多的事，当然，这绝不是一般佐治亚人家的特性。几乎所有田纳西州及佐治亚州的有钱农家都自己织布。这个工作几乎全由家中的母亲和女儿负责，她们花许多时间在这个工作上。

战争的痕迹不仅存留在残破的田野、烧毁的围栏与谷场，以及被彻底残害的树林中，更留存在人们的脸上。一座森林被烧毁，几年后新一代树木又愉快地生长出来，展现最清新的活力，只有已死或半死的老树标示出灾难的痕迹。生活在战地的人们也是一样。快乐无忧又健康的儿童渐渐成长，而他们身边衰老半残的父母身上，则刻画着人类文明最残酷灾难所留下的可憎又无法消灭的痕迹。

自从我开始这趟"寻花访草"的旅程之后，我不只看到了新的植物，还看到了与以前所见所闻彻底不同、完全不熟识的植物。我见识到玉兰、山茱萸、栎属橡树、肯塔基橡树、铁兰、长叶松、美洲蒲葵、含羞草，以及整座森林的陌生树木、浓密藤蔓纠结的花丛，以及一大片茂盛的竹林及满塘的水莲。所有这些对我都是新奇的；然而，我仍然急切地想到佛罗里达州去，那里是我热切盼望的热带植物的家，我知道我不会失望。

就在我收到钱的同一天，我搭上一条名为"沙文海岸号"的汽轮前往佛罗里达州的费南迪纳。在日光下沿着佛罗里达海岸航行充满了新奇，也让我忆起了在苏格兰福斯湾邓巴镇的日子[1]。

---

[1] 作者出生在苏格兰邓巴镇，他在这里生活了十一年，随后才全家移民美国。

在船上，我与一位南方的农庄主人有一段深入的谈话，话题是这里每一个思想单纯的白人萦绕心中、挥之不去的问题。我也碰到一个苏格兰同胞，他对南方政治以外的事物特别感兴趣，也有一些见解。总括而言，我在船上的半天一夜过得十分愉快，它把我带过了一片非常浓密、枝藤纠结、完全无法徒步穿越的蛮野森林。

众人皆知，在地质上不久的年代以前，由阿勒格尼山脚下直到目前的海岸线的这片沙地，全被海洋覆盖，海面渐渐退去后，留下许多低洼地区形成了湖泊与泥沼。有些陆地仍然侵占了海面，但并不是呈一条直线，而是造成了许多潟湖与小港湾，还有一个个点状珊瑚岛。

这条小岛及半岛的沿岸，海岛棉①在此生长。这些小岛有些浮于海面，仅靠红树林及灯心草的根固定着。只有几小时时间，我们的汽轮是在有海浪的开阔海面上航行，其他大部分时间都穿梭于潟湖之间，那里是鳄鱼及无数鸭子与水禽的家。

十月十五日。今天我终于到达了人们称为"花之乡"的佛罗里达州。这是我向往已久的地方，我很怕我的渴望与祷告会

---

① 海岛棉，又译作海岛木棉，果实是世界上最优良的棉纤维，一七八六年于美国佐治亚州圣西蒙斯岛栽种成功。海岛棉的纤维非常细长，强度也特别高，是纺织纤维的上上品。

落空，在死前无法对这片花园乐土投以一瞥。可是，这里就是了，近在咫尺！这是一条平坦、潮湿、水草丛生的海岸，夹着一丛丛红树林，以及爬满苔藓的森林，较远的低处有陌生的树木。汽轮像只鸭子般在水草丛生的小岛间找路。我踏上了破旧的码头。走了几步就进入破旧的费南迪纳。我找到了一家面包店，买了些面包，没问任何问题就出发前往阴郁幽暗的树林。

不论白天或夜晚，我所梦想的佛罗里达总是突然出现一座隐蔽的森林，每棵树都开着花，弯曲的树干上又覆盖绽放鲜艳花朵的繁茂纠结的藤蔓，一切都沐浴在灿烂的阳光下。不过，当我踏入这片梦想中的人间天堂的大门时，事实并非如此。盐沼大部分低于海面；一处处树丛四处散落，沉在莎草与灯心草之间，绿油油的，但不见任何花朵；更远处的树看不清边际，并非繁茂地生长在起伏的山丘上，而是几乎水平地向内陆延伸。

我们没吃早餐就被汽轮的船长送下船，观察完挤在我身边的一些新植物之后，我把植物压平器及小旅行包丢到干燥的树丛下，开始吃早餐，那里附近的草地与树根间有一堆堆隆起，应该是遗弃的麝鼠窝。这里天上及地上的每一件东西对我来说都是陌生的，没有一点友善熟识的标记，身边也没有任何东西对我吐出一丝同情，当然，我感到十分孤独。我把头枕着手肘躺下，一边吃着面包，一边瞪视聆听这绝然的陌生。

第五章 跋涉过佛罗里达州的沼泽与森林 61

当我正幽思冥想之际，身后的灯心草丛中传来一阵窸窣声。如果我心神健康，身体又不是处于饥饿状况，我会很平静地转身观看动静。但半饥饿又孤苦无依的这当儿，我只想到坏的方面，立刻认定是鳄鱼发出的声响。我感觉得出它长而有凹痕的尾巴在甩动，我可以看到它张着大嘴露出一排排利齿，而且正猛地朝我咬来，一切是那般历历在目。

嗯，我不知道当时自己害怕或痛苦的程度，不过当我了解真相时，我的食人鳄鱼变成了一只高的白鹤，像是仙境来的使者——"啊，只是这东西。"我禁不住感到惭愧，替自己找借口，说是在幽暗的波那文都墓园的焦虑与饥饿造成的。

佛罗里达州多水又藤蔓纠结，不管朝哪个方向，想步行穿越都不太容易。我开始沿着一条为火车轨道①开发出来的空隙走，有时在铁轨中间的枕木上一步步前行，有时走在两旁狭窄的沙地上，不时凝视大自然的神秘森林。想形容这一片漫无边际、单调又深不可测的广大森林有多幽暗阴郁，简直是件不可能的事。

今天走的路很短。一种像手杖的陌生草类、大朵的百合花、树上或藤上的鲜艳花朵，都吸引了我的注意力。有时，我

---

① 这是美国第一位犹太裔参议员大卫·列文尤里（David Levy-Yulee, 1810—1886）在十九世纪五十年代所建造的横贯佛罗里达州的铁路，从费南迪纳通到香柏屿。

佛罗里达州东部圣约翰河畔——赫伯特·格利森摄

也会丢下植物压平器及小旅行包，走入咖啡色的水中去采集标本。常常我越陷越深，不得不转回头，可是一次又一次在别处尝试。有时我被错综复杂的手臂似的藤蔓缠住，变成一只在蜘蛛网上的苍蝇。不论是涉水或爬树采集果实标本，我总被阳光下无法深入的浩瀚树海深深震撼住。

我在佐治亚州看过的大朵玉兰，这里才是它们更好的居所。它那叶背呈深棕色的深绿色大叶子光滑发亮，在纠缠攀爬的藤蔓及成堆的花朵间闪闪发光。它的果实也鲜艳光亮，比橘子更能表现热带的色彩。它着实像是万民景仰的王子。

偶尔，我会碰到生长着长叶松的细长开阔的沙地。即使有充分的阳光，这种地方还是非常潮湿，但仍长满了紫色蟛蜞菊和橘黄色桂皮紫萁。不过，这狂野的一天最大的发现是美洲蒲葵。

我碰到了如此多的陌生植物，简直是兴奋极了，不时停下来采集标本。虽然这些沼泽森林十分吸引人，又可能有许多新奇的东西，但根本无法强行深入。我不顾水蛇与虫蚁，数度竭力想穿过纠缠不清的坚韧藤蔓，但最多只能深入到几百码的地方。

就在我为只能在这广大森林的边缘行走而懊恼时，我瞥见了第一株美洲蒲葵，它几乎是孤独地站在一片草地上。有几株玉兰及光秃秃的柏树在附近，但并没有覆盖住它。人们说植物没有灵魂，又易毁灭，只有人类是神圣的等等；不过在这一点上，我想我们的所知近乎零。不管怎样，这种棕榈树（蒲葵属棕榈科）带给我无可言喻的深刻印象，而且教导我人类的传道者从没给过我的东西。

这种植物有纯灰色主干，形状像扫帚柄一样圆，顶端生着有光泽的沟槽叶片。它比谦虚的威斯康星橡树还简单朴素；可是不管是在微风中摆动，或是在阳光下静止沉思，它都散发着一种表现力，那是这趟旅行到目前为止，我所碰到的任何一种其他植物不论高矮都无法超越的力道。

我的第一株这种植物的标本并不很高，只有二十五英尺，有十五至二十片叶子，均匀围绕着主干向外弯曲。每片叶子大约有十英尺长，叶片四英尺，叶茎六英尺。叶面有沟槽，像个半开的贝壳，非常油亮，在阳光下闪耀，有如玻璃。顶端还没有发育完全的叶子直立密合，整个树冠像个椭圆形皇冠，热带的阳光涌于其上，反射出点点金光及长条如星的光芒。

我现在置身于骄阳下的花园中，园里棕榈与松树相会，这是我渴望祈祷已久并常在梦中出现的景象，虽然今夜在这陌生的环境中，我感到孤独，周围是陌生的植物、陌生的风和陌生的鸟儿，柔和低吟出我从没学过的语言。不论是实物还是精神上，这里都充满了我从没经历过的感觉。然而，我由衷地感谢上帝，因为他的仁慈，我才有幸来到这美好的地方。

第五章 跋涉过佛罗里达州的沼泽与森林

十月十六日。昨晚在没有道路的树林中时,夜色越浓,周遭神秘的夜晚就越发神秘,我放弃了寻找能提供食物及住宿的人家,只希望能找到一块干燥、安全、不受野生动物及逃跑的黑人骚扰的地方睡觉。我在潮湿但平坦的树林中快走了几小时,但遍寻不到一英尺见方的干燥土地。沉闷的猫头鹰枭啼没有间歇,陌生昆虫或野兽的夜间号叫接二连三不停地出现,带来夜晚的各种面貌。每样东西都有个家,只有我没有。《圣经》里,雅各在干燥的巴旦亚兰平原睡觉时,头下还有块石枕,相较下应该算是快乐多了[1]。

当我来到一个有松树生长的较开阔的地方时,已经大约十点钟,我想至少现在可以找到一块干的地方了。可是就算是光秃秃的沙地也是湿的,等到脚下不再溅水,我开始用手在地上摸索,许久后才发现一片干燥的小山坡可以让我躺下来。我吃了块在袋中幸运找到的面包、喝了点幸运小丘附近的棕色水才躺下来。我周遭有许多隐形不见踪影的目击证人,其中就属猫头鹰最吵了,它们抑扬顿挫、井然有序地发表幽郁的演说,不过并没有妨碍侵袭让我消除疲劳的睡眠。

---

[1] 《圣经》里,雅各因与兄长以扫发生冲突而被父亲以撒打发走后,来到干燥的巴旦亚兰平原,他在这儿梦见神从天梯下来赐予他应许之地。见《创世记》。

早上，我被露水浸得又冷又湿，没吃早餐就上路了。有丰富的花朵及美景供我观赏，就是没有面包。面包这东西讨厌的是它会坏，如果可以不吃面包，我想文明世界就不会看到我的踪影了。我走得很快，一边找住家，一边看着无尽的新奇植物。

近午时分，我来到一间简陋的小屋前，有一堆伐木者正在砍伐制船用的圆长松木。他们是我所见过最野蛮的白人。田纳西州及北卡罗来纳州山里退役的长发游击队员颇为狂野，但讲到野蛮，这些佛罗里达伐木人更有过之。虽然如此，他们既无恶意也不热络地给了我一些黄色猪肉和玉米粥。于是我又愉快地躲进了森林。

几小时后，我与三个人、三条狗一起用餐。后者狂烈地攻击我，还想用利牙扒走我的衣裳，我几乎是被向后拖着走，还好没有被咬就逃脱了。我面前放着用肝、甜薯和面团做成的派饼，在我吃完了颇大的一块后，其中一人转向他的同伴说："啊，我想这人很能吃，他已经一点不剩了，我再去拿些马铃薯给他。"

来到一池不流动的水塘边，先前想必有鳄鱼在里面翻滚、晒太阳。"看，"一个住在这里的人说，"你瞧，好大的印子！必定是个大家伙。鳄鱼会像猪那样打滚，还喜欢晒太阳。真想猎杀到这家伙。"接着就说了一大堆与这种身披鳞甲的敌人血战的经过,当然,其中不少次他都是主要角色。听说鳄鱼特别喜欢黑人与狗,当然狗与黑人都怕它们。

我今天碰到的另一个人,指着他家门前长满水草的浅水池说:"就在那儿,我曾和一只鳄鱼有一番恶战。它捉住了我的狗,我听到它的号叫。那只狗是我最好的猎犬之一,所以我决定尽力抢救它。水只有膝盖这么深,我涉水跑过去。那是条大约四英尺长的小鳄鱼,因为水浅,它没法把狗淹死。我过去把它吓得松了口,狗就逃脱了。可是那可怜的跛腿狗还没逃到岸边又被咬了,于是我拿着刀赶过去,但手臂反被鳄鱼一口咬住。如果这条鳄鱼再壮一点,那可能就是我而不是我的狗被吃了。"

虽然大家说泥沼中鳄鱼多得是,而且常常长达九或十英尺,但在我整个旅程中,我只看到过一只。另外,许多报道也说,它们极凶恶,常常攻击船上的人。这些南方海岸泥水中的独立居民绝不是人类的朋友,不过我听说,有一只幼小时就被捕获的大家伙经过训练已略通人性,被套上挽具做工。

许多善良的人认为鳄鱼是恶魔的产物,因为它们吃所有的东西,又长得难看。但是毫无疑问,这些生物很快乐,而且把造物主指派给它们的地方住满了。在我们看来,它们凶猛又残酷,但在上帝的眼中它们一样是美的。它们也是上帝的子民,因为他听着它们的号叫,他温柔地照顾它们,也提供它们每天的食物。

在上帝的动物大家庭里，憎恨的存在想必经过精心的安排，就像矿物界中保持平衡的相吸或相斥。在相容上，我们是多么自私又自负的东西！对其他物种的权利，我们又是如此视而不见啊！在提到与我们同等的生灵时，我们是多么不敬啊！虽然鳄鱼、蛇之类的东西很自然地与我们敌对，但它们并非神秘的恶魔。它们快乐地居住在这个多花的荒野中，也是上帝大家庭的一部分，不堕落，不败坏，被上帝以同样的温柔眷顾，也被施予和天上的天使及地上的圣人相等的爱怜。

我认为常萦绕我们的大部分憎恶，来自于病态的无知与懦弱。现在看到了这些鳄鱼的居处，我对它们就有较好的看法。你们这些伟大蜥蜴古族的高贵代表，愿你们永远享受你们的水莲及灯心草，并能偶尔享用一口吓得半死的人类的美味！

今天在阳光充足的干燥地方发现一株漂亮的石松属植物（lycopodium）以及许多种草类，这些地方有的被称为"不毛之地"，有的又被叫做"圆丘"或"大草原"等。蕨类很茂盛。在这些开阔或枝藤纠结的美丽树林里，每天涌进多少的热与光啊！我们总是说，"阳光的南方"，可是在我们变化多端的国土上，并没有任何地方比这里更多树荫。许多阳光普照的平地与草原阻断了北部与西部连绵不断的森林，而那些森林大部分也是光亮的，阳光由叶间穿入或者透过叶子温柔地投射到地面或低矮的植物上。可是浓密的佛罗里达森林是阳光穿不透的。它照射到常绿的森林屋顶上，然后反射成千丝万缕的银光。在许多地方，阳光甚至无法给漆黑的林地提供一片绿叶所需的光亮。眼睛所能看到的只是错综复杂的树干，以及光秃弯曲的藤茎。所有的花朵，所有的青绿朝气，所有的奇异美景，都在光亮之处。

佛罗里达州的溪流都还很年轻，很多地方都溯不到源头。我估计这些溪流因为其中生长的植物，水色会有些变化，我也确定，由于这里如此平坦，我不会找到大瀑布或长急湍。佐治亚州北部的溪流，有些是无法接近的，因为岸边藤蔓过于茂盛纠缠，虽然如此，河岸还是高而明显。佛罗里达州的河流却没有河岸斜坡或清楚的河道。深水处的水有如墨般黑，完全不透明，而且表面像涂了亮光漆一样光亮。常常很难看出它们是往哪个方向流，它们流速缓慢，流域范围广大，穿过树林中的枝藤与泥沼。对我而言，这里的花大都是陌生的，但并不甚于河川与湖沼。大部分河川似乎都知道自己的流向，计划奔流到远方；但佛罗里达州的河流却留在家里，停滞不前，似乎不知有所谓的大海。

十月十七日。发现一棵十英尺高的小银叶玉兰。经过许多英里长着稀疏松树的平坦开阔的荒野，阳光充足一如威斯康星州的"旷野"。这里的松树颇小，稀疏但间隔均匀地生长在这片才从海中升起不久的平坦沙地上。在松树附近很少发现其他品种的树。但有一些小锯榈草丛，以及一片美丽高长的草丛，后者有漂亮的圆锥花序，优雅地迎着暖风摇摆，在弯曲的草茎反射出的银光中加入了和谐的变化。

在这儿，这些端庄的草本植物随风摇摆的美姿如此优雅，没有一棵松或一株棕榈足堪比拟。这里有一大片美丽的紫圆锥花序，那边则绽放着如熟透的柑橘般的金黄花，草茎则有如钢条般光亮。有些品种长成一堆，有如树林，有的却孤单无伴地摇摆着。有些枝叶茂盛如肯塔基橡树，有些又只是在光秃的长茎上垂着几吊小穗。不过，它们的美完全无法以言语形容。我真高兴上帝"为原野的草穿上了如此美丽的衣服"。十分奇怪，我们对小东西的美丽与颜色、形状与姿态是多么盲目啊！譬如，我们以自身的大小或树木的高度与粗壮来衡量草。可是超越一株草的最伟大的人或最高的树又是多大呢！比较上帝创造的万物，它的差异是零。我们都只不过是显微镜下的微生动物。

十月十八日。走在几乎是干的地上，完全平坦的地面偶尔被几英尺高的沙浪打断。听说全佛罗里达州没有任何一小点地方超过海拔三百英尺——这块土地要造路只需略微铲平，但要造桥或钻过森林就得费一番工夫了。

在抵达树林中这块孤寂潮湿的开阔地方之前,我碰到了一个粗壮的年轻黑人,他用充满好奇又炯炯有神的双眼瞪着我。当时我很渴,就问这人附近有没有人家或泉水可以让我取得水喝。"哦,有。"他回答道,但还是用狂野的眼光急切地打量着我。然后他问我从哪里来,要到哪里去,为什么会到这个很可能被抢或被杀的原始地方来。

"喔,我不怕任何人抢我,"我说,"因为我没带任何值得抢的东西。""不错,"他说,"可是你不可能不带钱旅行。"我开始往前走,可是他挡住了我的路。然后我注意到他在发抖,我这才闪过脑际,他是想把我掠倒,然后抢劫我。在注视我的口袋像是搜索武器之后,他以颤抖的声音结结巴巴地问我:"你带了枪吗?"他的动机现在很明显了,其实我早该看出来。虽然我没有枪,我直觉地把手伸到放枪的口袋里,两眼盯着他向前一步说:"我让别人自己发现我有没有带枪。"之后,他畏缩地退到一旁让我过去,怕我射杀他。这回真是千钧一发的惊险脱逃经历啊!

再往前走了几英里,我来到一片棉田,还有一块块小心围起来的甘蔗田,外加几栋有庭院的漂亮房子。这些有围篱的小块田地,就像把鸟关在鸟笼那样把植物关了起来。在一个庭院里发现到一棵树般大的仙人掌;沙丘上有很多同种小仙人掌。

夜晚抵达盖恩斯维尔。

在离城三四英里的松树林里，我注意到有灯光。由于我十分渴，就冒险前去，希望能讨到水喝。我非常小心，不发出一点声音地潜行过草地，想先确认那是否是黑人强盗们的营地。突然，出现在我眼前的是一片光亮，以及一处不管在城市或树林中我都没见过的最原始的居所。首先是一大堆木块升起的熊熊烈火，照亮了覆盖的树丛及林木，把树叶及小枝勾画得像正午时那样清晰，而周围的树林也显得更加黑暗。在这光亮的中心，坐着两个黑人。我可以看到他们象牙白的牙齿在双唇间闪光，光滑的双颊也像玻璃般反射出亮光。除了在南方，不管在哪里，这对发亮的人儿肯定会被认为是怪物，可是在这里，只不过是一对黑人夫妻在用晚餐。

我试图趋前到这对满面欢愉的黑人面前，在经过连狮子都会退缩的久久凝视之后，黑暗的一角递来了一瓜瓢的水。我在大火边站立了一会儿，注视着那不能再原始的住处，并询问去盖恩斯维尔的路。突然，我的注意力被余灰中的一团黑色物体所吸引。看起来是橡皮做的东西；但我还来不及做多余的猜测，那女人就弯身俯向那黑物件并以母亲特有的仁慈声音说道："来吧，宝贝，吃你的玉米粥吧。"

一听到"玉米粥"，这堆橡皮大动了起来，原来是个粗壮的小黑男孩，像是由地里长出来般赤裸裸地直起身来。如果他是从黑色污秽的泥沼中出现，我们很容易会以为上帝直接用泥土打造了他，就像当初造亚当那样。

当我出发前往盖恩斯维尔时，我想，我可以肯定我现在是到了热带，那里的居民除了自己的皮肤外不穿任何东西。这样的确够简单——就像英国诗人弥尔顿所说的"没麻烦的装扮"——可是这肯定与大自然并不协调。鸟儿们有巢，大多数野兽也为它们的幼兽筑窝；这些黑人却让他们的孩子赤身躺在无遮蔽的泥地上。

盖恩斯维尔和其他村落比较起来颇具吸引力——像沙漠中的绿洲。它的繁华来自附近的几座农庄，这些农庄坐落在从泥沼中升起的几英尺、像岛般的干地上。我在一间所谓的旅店得到了食宿。

十月十九日。几乎一整天都在干地上。碰到了石灰岩、燧石、珊瑚、贝壳等等。经过几座茂盛的棉花农庄，上面有漂亮舒适的住宅，与我第一天到佛罗里达时见到的简陋污秽的茅舍形成强烈的对比。发现一株漂亮的植物样本，这株小植物很奇怪地让我立刻想起印第安纳州的一个年轻朋友。我们的思想与印象是多么奇妙地储存在脑里啊！只是朝一朵花瞥一眼，有时却控制了最伟大的神奇造物主。

玉兰在这里十分繁茂，长成浓密的丛林，几乎独占了泥塘的周围及溪流的两岸。洋玉兰这种高贵的树木形态简单，平滑的叶片天生有浓郁的色彩与形状，伸展的枝干被优雅的藤蔓及树兰装点，灿烂红艳的果实、白色清香的美丽花朵，都使它成为佛罗里达州最受喜爱的树木。

发现许多美丽的蓼科植物（polygonum），以及黄色豆科藤蔓。经过一些阳光充足的区域，长着长叶松及古巴松，还有到处都是的美丽小草及一枝黄花。听说野橘林在此很普遍，可是我只见到青柠树在林中胡乱生长。

近午时分来到一栋小茅屋前，由于又累又渴，我询问主人能否招待些餐食。在严肃盘问后，他叫我等着，说食物马上就准备好。我只见到一个男人与他的妻子。如果他们有孩子，他们很可能因为没穿衣服而躲在野草间。这对夫妻都染有疟疾，又很脏。但他们对这脏和病好像没有什么明显的不舒服。这些人的脏，不像北方的脏是一块块像水泥或油漆般附着在皮肤上，而是像半透气的黏湿泥信封，半黏在皮肤上，是我所见过最不可救药的脏，显然这是来自长期的传统。

这样的父母养出来的孩子永远不可能干净。肮脏与疾病，单单一项就够糟了，两者加在一起简直是恐怖到了极点。洋溢着百里香或忍冬香气的干净居处，在这里几乎是没听过的地方。我看过脏在衣物上成形的过程，毫无疑问，不同的层次代表不同的生活阶段。有些或许就像树的年轮般是一年年加上去的，可以决定人的年纪。人及一些高等动物是唯一会变脏污的生物。

睡在一根大圆木旁的荒地上，被露水浸得又湿又冷。这些孤寂的夜晚若有个伴该多好啊！不敢生火，怕招来抢劫的黑人，人们警告我，这些黑人会为了一两块钱杀人。夜幕降临后还走了一长段路，希望能找到人家。很渴，常常不得不在草丛里找水塘，喝那黏滑的脏泥水，还怕眼前出现鳄鱼。

十月二十日。这一天行程中碰到的泥沼都很浓稠。几乎是被水生树木及藤蔓盖住的连绵水泽。我今天所经过的溪流似乎完全不知道自己的流向。看见一只鳄鱼从路边一根老木段旁游进长满芦苇的棕色泥水中。

晚间抵达席慕思上尉的家，他是我在佛罗里达州碰到的少数受过教育的智慧人士。战时他曾是南军的军官，对北方明显怀有成见，虽然如此，他对我十分仁慈有礼。我们坐在炉火的光影中谈话，话题只有一个，就是奴隶制度及伴随而来的问题。不过，我想法子转换成至少有机会意见相通的话题——附近的鸟儿、动物、气候，以及这些地方春季、夏季和冬季的样貌。

关于天气，我无法得到更多的资料，因为他一直住在南方，当然，他对一直习惯的气候说不出任何异样。但是一提到动物，他立刻显得极有兴趣，告诉我许多发生在他家附近的森林里，从大熊、饥饿的鳄鱼、受伤的野鹿等动物口中间不容发地逃脱的故事。"啊，现在，"仁慈的他忘了我是从他憎恶的北方来的，说道，"你必须在这里盘桓几天。这里鹿很多。我借你猎枪，我们一起去打猎。我想吃鹿肉的时候就去打猎。在这附近的林中猎鹿，就像牧羊人从他的羊群中取羊肉那样简单。也许我们会碰到熊，这里也不少，还有一些大灰狼。"

我表示希望能看见几只大鳄鱼。"喔，行，"他说，"我可以带你去有一大堆这些家伙的地方，可是它们没有什么好看的。我有一次清楚地看到一条鳄鱼躺在静止的清澈水底，我觉得它的眼睛冷酷又残暴，我所见过的其他动物根本没得比，让我难以忘怀。许多鳄鱼由岛屿间游入大海。这些海鳄最大也最残暴，有时人们出海捕鱼时，它们会用尾巴攻击船上的人。"

"还有一样东西我希望你能看到，"他继续说道，"就是离这里几英里远的一座肥沃土丘上的美洲蒲葵林。那林子有七英里长、三英里宽，地上长满了长草，没有灌木丛，也没有其他树种。那是我所见过最美的美洲蒲葵林，我常常觉得那会是艺术家的好题材。"

我决定留下——比起打猎，更希望见到土丘上的美洲蒲葵林。除此之外，我颇为疲倦，在如此多个不得安眠的夜晚及白天的长途跋涉之后，我迫切盼望能休息一下。

第五章 跋涉过佛罗里达州的沼泽与森林　　77

十月二十一日。听够了我健谈的主人无数血淋淋的打猎故事,吃够了豪华的新鲜鹿肉及海鱼早餐后,我朝蒲葵林出发。在我穿越佛罗里达的路程中,每天都会看到这些炙阳下长大的孩子,不过通常都是单独一个,或三四个成群站着,今天却看到一长串。上尉带我穿过他的玉米田走了一小段路,指点我一条小径可以把我带到土丘上的蒲葵林。他约略指了方向,我在罗盘上做了记号。

"你看,"他说道,"在我最远的那块田的另一边有一片圆叶菝葜,你只要沿着小径走就能穿过它。你会发现这条路很不清楚,因为它必须穿过一个大泥沼,小径在很多地方必须突然转弯,好避过深水坑、断落的枝干或穿不透的浓密树丛。有很多时候你还得涉水,而穿越这些水泽时,你得多提神,别错失对岸小径再现的地方。"

我设法穿过那片菝葜,它的坚韧狰狞不亚于田纳西州的菝葜丛,小径幽暗蜿蜒,很多地方要涉水,然后又突然在对面茂密的黑暗泥沼森林出现,最后终于站在开阔又阳光普照的蒲葵园边缘。那片地长满了等齐的草类和莎草,平坦得像草原,点缀着美丽的花朵,周围很明显围了爬满藤蔓的树木,仿佛特地开垦出来的。

这些蒲葵是这里唯一的主角,似乎十分享受这阳光充足的家园。这里完全没有互相推挤的情形,也没有谁争着抢第一壮或第一高的头衔。每棵树都得到充分的阳光,树间的地上也一样。我漫步沉醉其间。多美的景致啊!眼光所及之处全是蒲葵!一根根光滑的树干由绿草地上升起,顶端是圆形叶片,在阳光下闪耀如星星。它所带来的寂静与平和,与我在加拿大黑暗孤寂的松树林所发现的一样深沉,而不管是这个原始鳄鱼之乡的人民,还是快乐、健康的北方人民,人类从上帝所创作的登峰造极的植物上所获得的满足,都是同等深刻。

受人尊敬的十八世纪瑞典植物学家林奈(Carolus Linnaeus)称棕榈为"植物界的王子"。我注意到它们的特征中有庄严高贵的气质,而且有一些棕榈看起来远比这些还高贵。不过在我眼中,它们还是次于橡木与松树。棕榈的姿态与摆动并不十分优雅。当它们完全不动地站在正午沉静炙热的阳光下时,姿态最为令人赞叹,但它们会随着傍晚的微风沙沙摇摆。我看过青草摆动得远比它们有尊严。而当我们北方的松树在冬天的暴风中恭敬地低头摆动时,这些想让它们臣服阶下的棕榈王子又在哪里呢!

这个棕榈会的成员大大小小,枝干的粗细也各有不同,但顶端的树冠却都相似。在成长时最后的芽头最为重要。这类棕榈的幼苗出土后就全速生长,一组叶子向四下弯垂,形成直径十至十二英尺的圆球。下层的外圈叶子会渐渐枯黄、掉落,叶

佛罗里达的美洲蒲葵林——赫伯特·约布（Herbert K. Jobb, 1864—1933）摄

柄在离枝干几英寸的地方横向剥落。新叶长得非常快，它们先是直立着，当叶片渐渐长大、叶柄变长时，就会向外弯曲。

新叶不断由大叶芽的中心长出，老叶则由外圈开始掉落。因此树冠一直保持差不多的大小，或许比刚出土幼苗的树冠稍微大一点。当中心主干慢慢长成直径六至十二英寸时，树冠就在顶端跟着上升。枝干上下粗细一样，幼时因叶柄的剥落而表皮粗糙。但这些折断的叶柄会在成长过程中掉落或消失，枝干就会变得像在车床上磨过那样光滑。

我在这迷人的林中盘桓数小时后，考虑到通过泥沼及荆棘的困难，在天黑前开始回程。先前寻找植物时没留意，偏离小径太远，我离开蒲葵林进入藤蔓纠结又半浸在水中的森林后，仔细找了好久却始终找不到小径的踪迹。不过，我回想了一下早上出发的方向，拿出随身携带的罗盘，开始以直线穿越泥沼。

当然，穿过或直立或断落或半倒的交错枝干及树丛使我又酸痛又疲惫，更甭提纠结的藤蔓，以及藤蔓上无数如精良军队的长茅般的尖刺，以及藤蔓的长度和无数的花朵。但这些都不是我最大的障碍，满是枯叶及鳄鱼的水塘和潟湖也没吓到我，最让我精疲力竭的是坚韧的圆叶菝葜。我知道我必须在天黑前找到那一溜小径，否则就会既无食物又无营火地与蚊虫及鳄鱼共度一晚。整个路途并不遥远，但在开阔地区旅行的人是

第五章　跋涉过佛罗里达州的沼泽与森林

无法想象在这南方多刺、泥湿又无路径的荆棘丛中摸索有多困难的,尤其是在漆黑的时刻。我努力挣扎,尽量保持方向不偏离路线,除非看到很特别的植物而想采集标本,或者是树丛太高、水塘或潟湖太深时必须绕道。

在涉水时,我从不企图保持衣服干燥,一来是水太深,二来是必要的防护太花时间。如果涉过的水塘清澈透明,那就没有那么困难了。可是,像现在这样,我必须保持警觉,格外留神,以免一脚踩到鳄鱼身上。水色的不透明也使我无法确定水的深度,增加了很多困难。许多时候在涉水走了四五十码后又被迫回头,尝试很多次后才能通过一座潟湖。

我在泥水中跌跌撞撞走了好几英里后,到达了浓密的圆叶菝葜镇守的营地,它们以雄伟的阵形守卫着整个森林,绵延无尽地阻拦我开路前进。老天啊!我早上来时的小径还没找到,夜已渐降临。我来回蹒跚地找开口处,却一无所获。甚至连可供休息的一小溜干燥处都没有。泥沼中到处是长菝葜覆盖的藤蔓与树丛,中间连落脚的缝隙都没有。我开始打算在树上搭个临时支架度一晚,但决定再努力找一回那条窄径。

我定下心来集中注意力回忆路径后,朝荆棘带的左边探索过去,蹒跚走了大约一英里路,满身大汗又伤口无数的我,终于找到了那条救命的小径,逃到了干燥地,也躲过了露宿的夜晚。在日落时抵达上尉的家。晚餐吃了牛奶、玉米饼及新鲜的鹿肉。为我的好运及在森林中的收获得到祝福,接着是疲惫不堪和安全历险归来后的沉睡。

十月二十二日。今晨,我轻易地被上尉及一个暂居这里的前法官以压倒性的优势拖去猎鹿。在生长着长草及花朵的野地上乱逛,十分愉悦。吓到了一头鹿,但没发一枪。上尉、法官及我各站在鹿群出没的路径上不同的位置,上尉的一个兄弟则到林中把鹿赶离隐蔽处所。一只被他惊动的鹿跑向以前鹿只从没跑过的方向,于是这鹿被诅咒为"没被射杀的'混'蛋"。在我看来,为消遣而戮杀上帝创造的牲畜才是"混"帐。"它们是为我们而生的,"这些自许的宗教人士会说,"是为了作为我们的食物、娱乐工具或一些还没有发现的用途而生的。"事实上,我们该为一只咬杀一个不幸猎人的大熊这么说:"人及其他两足动物是为熊而生的,谢谢上帝赐予我们又长又利的爪及牙。"

一名基督徒猎人到上帝的林中猎杀他照顾的野兽或印第安土著,总是被认可;而在这些命中注定的受害者中若有一个较进取地,到屋子里或田野里去杀死这直立行走、上帝般的杀手中最没有用的人,就会被说成是——哦!这是可怕的反传统,是骇人听闻的印第安人谋杀事件!唉,我对自私的文明人没一丝怜悯,如果有一天野兽与人类开战,我会去同情大熊。

第六章
香柏屿

十月二十三日。今天我到了海边。当我还在几英里外的棕榈林时,我就闻到了海风的咸味,虽然我已多年住在远离海风的地方。这味道让我突然想起了登巴镇,它的岩岸与风浪,以及那似乎早就完全消失于新世界的整个童年;但就在佛罗里达的林间,一嗅到海的气息,这些记忆突然全部重现了。我忘了包围着我的棕榈、玉兰及成千成百的花朵,只看到红藻与海草、长翅膀的海鸥、福斯湾的鲈鱼岩,还有古堡、学校、教堂,以及为了找寻鸟巢的冗长乡间漫步。我一点都不怀疑,从烤焦的非洲沙漠来的疲累骆驼,可以嗅出尼罗河的气息。

那些悸动人心的记忆是何等难以忘怀啊!我们无法忘记任何事情。记忆可以用意志力驱除,可以沉睡长久,但一旦被恰当的因子激起,即使是很轻微的骚动,它也会一瞬间丝毫不差回复过来。我的视觉被森林黏住了十九年,可是今天,我从层层热带植物中冒出头来,看到了延伸到天际的墨西哥湾。当我一动不动站在海滨,凝视这寸草不生的光亮平原时,脑中升起的冥想是何等如梦似幻啊!

但到了海边我却碰到了难题。我已到了无法再徒步前行的地点,香柏屿①只有一个空荡荡的港湾。我该继续往半岛的南部走,到我确定有船的坦帕或基韦斯特找船去古巴,还是在这里等待,像鲁滨逊那样祷告有船出现。我怀着满脑子的想法,走进了一家生意不错的卖奎宁、鳄鱼皮、响尾蛇皮的店,询问有关船运、旅行的交通工具等事宜。

店主告诉我,靠近村落有几间锯木厂,其中一家有实力的租了艘帆船,好运送一批木头去德克萨斯州的加尔维斯敦,现在正在等船来上货。这家锯木厂坐落在离香柏屿几英里海岸边一块延伸出来的土地上。于是我决定去见厂主赫德森先生,询问有关这艘帆船的确切消息,上货花多久时间,以及我是否能搭便船等事情。

在锯木厂见到了赫德森先生。陈述了我的情形之后,他很仁慈地给了我所要的资料。我决定花两星期等船启航,一旦抵达花朵遍地的德克萨斯平原,我想那里的任何港口都很容易找到去西印度群岛的交通工具。我答应出发前在赫德森先生的锯

---

① 香柏屿(Cedar Keys),又译作锡达基。

木厂工作，因为我身上的钱所剩不多。他邀我到他家，那房子又大又宽敞，坐落在一座贝壳丘上，视野极好，可以看到海湾和许多零星小岛；这些被称为"岛屿群"的棕榈小岛像巨大花束般点缀着海岸——不过，对浩瀚的大海来说，它们一点也不大。赫德森先生的家人以毫不保留的热诚欢迎我，这是南方较高阶人家的特性。

锯木厂中的主要驱动滑轮换了新盖板，可是盖板是用粗木板制成，需要关闭机器，磨光木板。他问我是否胜任这个工作，我说可以。架好台架并用一把旧锉刀做成工具后，我要工程师开启引擎慢慢运转。等关闭驱动滑轮并对准位置后，我先为那把普通木匠的刨刀换了片利刃，就很快完成了工作。在一名雇工的寄宿屋得到一个床位。

第二天，当我在海边找植物时，一股奇怪的昏晕加头痛突然袭来。我想，在海水中泡一下可能有助于消除疲劳，于是跳进海中游了一小段距离，可是这使我感觉更糟。我很想吃酸的东西，于是回村里买了几颗柠檬。

于是，就在这里，我的长途旅行中断了。我以为只消几天的航行就会把我带到德克萨斯州闻名遐迩的满地花草中。然而，等待的船来了又走了，而我无助地发着高烧。我一到海边的那天，就开始被无法抵抗的沉晕弄得疲惫不堪，我坚持了三天，在海湾中泡水，在海岸边的棕榈、植物及奇异贝壳间勉强蹒跚漫步，还在锯木厂中做了些工作，试图消除不舒服的感觉。我并不怕生大病，因为以前从没有过，也就压根觉得没必要在意。

可是越来越令人无法忍受的高烧一直持续着，很快消耗尽我的体力。就在抵达此地后的第三天，我已无法进食，只想吃酸的东西。距离香柏屿只有一两英里，我设法走去买柠檬。中午回程时，高烧像暴风般袭击我，我挣扎走回锯木厂，却在半途倒在短茎萨巴尔榈林中的窄径上，不省人事。

等我从高烧的昏睡中醒来，已是星光闪闪，我弄不清该往小径的哪一头走，很幸运，后来发现我猜对了。接着，每走一百英尺左右，我就不支摔倒，接连摔倒几回后，我开始很小心地把头朝锯木厂的方向倒下。我在昏昏沉沉中跌跌爬爬，不知有多少次，在短暂的清醒时喘息挣扎。一直到了午夜后才回到锯木厂的寄宿屋。

值夜的人发现我倒在楼梯边的一堆碎木屑上。我请他扶我上楼到床上去，可是他以为我只是喝醉了，拒绝帮我忙。锯木厂的人，尤其是周末晚上，常常从镇上喝得烂醉回来。这是值夜的人拒绝的原因。我知道我必须上床睡觉，于是竭力挣扎，手脚并用，才颤抖着爬到床上，很快就完全不省人事。

我不知何日何时醒了过来，听到赫德森先生问一个守在我床边的人，我有没有开口说话，此人回答道还没有，赫德森先生说:"那你必须一直灌他奎宁。这是我们唯一能做的事。"我不知道自己昏迷了多久,必然有好些时日。这中间某一天,我被用马从锯木厂的寄宿屋移到赫德森先生的家中,在那儿,赫德森夫妇持续不断地仁慈照顾了我三个月,我得以捡回一命无疑归功于他们的调养与看顾。大量的奎宁与甘汞,还有一些较温和的药物,使我的疟疾转成了伤寒。我夜间盗汗,双腿由于浮肿变得像柱子般僵硬。如此直到一月,我浑身虚弱不堪。

一等可以起床行走,我就悄悄走到树林的边缘,日复一日坐在垂着铁兰的栎属橡树下,观看鸟儿们在浪潮退去时觅食。后来,当我稍有力气时,便乘坐小舟由一座小岛游到另一座小岛。这里几乎所有的灌木与树木都是常绿的,而且许多较小的植物整个冬天都开着花。香柏屿的主要树木有桧柏、长叶松及栎属橡树。最后者,不论是死的还是活的,都满垂着铁兰,就像邦纳凡恪墓园那样。这种栎属橡树的树叶呈椭圆形,约两英寸长,四分之三英寸宽,正面呈光滑的墨绿色,叶背浅白。树干通常分叉得很厉害,完全无法追踪源头。对页(指原日志的对页)的标本原长在赫德森先生家前院。那是棵老祖宗,远在西班牙的造船人砍伐这高贵品种前,它的顶冠就在蔚蓝的天空下闪闪发光。

在这些岛屿上,栎属橡树、长叶松及美洲蒲葵三分植物王国,但在美国大陆上许多地方,栎属橡树独居鳌头。跟邦纳凡恪墓园的栎属橡树一样，这些栎属橡树的上半段分叉树干上寄生了无数蕨类、小草及小锯桐草等植物。这里还有一种矮种橡树，形成浓密的树丛。这些岛屿上的橡树，不像威斯康星旷野那样立在斜草坡上，而是腰部以下淹没在繁花点点的玉兰树或欧石南丛中。

在我长期寄居于此疗养期间，我常常整天躺在这些大树的粗大枝干下静听风声与鸟语。附近海岸边有一处宽阔浅滩，每天退潮时就显露出来。这是成千上万种各式大小、羽毛、声音的禽类的争食场，当它们一大家族聚集在一起分食大自然每天提供的丰盛食物，着实谱出了一幅生动的画面，喧闹程度也非比寻常。

涨潮闲暇时，它们以不同方式在不同处所消遣。有些一大群飞到岛屿沿海芦苇带，站着吵闹或划水做运动，偶尔还找到一嘴吃食。有些站在安静海边的红树枝上，偶尔把头伸进水中追逐鱼儿。有的则远飞到内陆的溪流及小湖去。少数庄重的老苍鹭会独自停在它们喜爱的橡树上歇息。我很喜欢看那些羽毛洁净的白色老水鸟昂首站在铁兰串的垂帘后打盹，消磨两次退潮间的无聊时光。白胡隐士从黑洞中茫然地向外凝视，比起其他同类，它们显得更端庄神秘。

这些岛上的特殊植物之一是刺叶王兰，它是丝兰属植物（yucca）的一种，约八至十英尺高，完全长成后树干直径达三四英寸。它属于百合科，花苞的顶端长成手掌状花朵。肥大的叶子非常坚硬，顶端尖锐，有如枪刺。人如果被这种叶子刺到，受伤的程度不亚于真的枪刺；对那些天黑后胆敢穿过这些武装树丛的倒霉游荡者来说，它们可是一大威胁。许多不同种类的带刺草会磨破他们的衣服，刺破他们的皮肉，而短茎萨巴尔榈会锯断他们的骨头，刺叶王兰则会划过他们的关节与骨髓，丝毫不怜悯他们是伟大的人类。

这些珍奇小岛的气候，相较北方的冬季与夏季时节，只能区分为较热与更热的夏季。两种夏季之间天气变化不大，少有大暴风雨或其他不同的气候。在十二月，白天平均温度在凉阴处约摄氏十八度，不过有一天居然下了点湿雪。

香柏屿的直径约有两英里半至三英里，最高点距平均潮水面四十四英尺。它被许多小岛包围，其中许多岛像是一堆堆棕榈，它们被安排像一束很有品位的花，浸在水中以保持新鲜。还有一些岛上则分布美丽的橡树与桧柏，被漂亮的藤蔓连接。更有一些岛则是贝壳与一些草类和红树林组成，外围是一圈灯心草。那些外围莎草丛生的岛，常成为无数水禽喜爱的栖息处所，尤其是鹈鹕，常把海岸弄成一片白，像是水花溅起的泡沫。

观察这些长羽毛的小人儿由林中和芦苇岛飞来集结是件愉快的事；苍鹭似浪头般雪白，或天空般蔚蓝，以稳重的翅膀搧去湿热的空气；鹈鹕带着小提篮来装食物，这些众多空中小水手像燕子般轻盈飞掠，在大自然的家庭餐桌上优雅的占取一席之地，分得每日的食物。多么快乐的鸟儿们啊！

反舌鸟不仅外形端庄，歌声更美好，羽毛朴素，习性平和，常常像知更鸟般到窗台边觅食——高贵的小家伙，人人都喜爱它。冬天野雁很多，跟黑雁类似，有些种类我在北方没见过。还有一群群知更鸟、北美斑鸠、蓝知更鸟，以及欢乐的褐噪鹛，外加一大堆体型更小的鸟，它们都是歌声美妙的声乐家。这里也有乌鸦，有些鸣声有外国腔调。常见的山齿鹑一直南至佐治亚州中部我都见到。

对页中描绘的莱姆屿（Lime Key）在佛罗里达州的这段海岸是很平常的小岛。对页（指原日志的对页）描绘的一截仙人掌（Opuntia）乃来自上述岛屿，而且在那里产量很丰盛。它的果实长约一英寸，被收集后制成浆汁，有些人很喜欢。这种植物多刺，长得浓密，无法穿越。有一段节点我量了量，有十五英寸长。

佛罗里达州的内陆不如这些岛屿有益人体健康，不过，不论是这段海岸或由马里兰州到德克萨斯州的平缓沿岸，都不能免于疟疾的侵袭。所有这区的居民，不论黑白，都很容易被持续高烧或冷颤弄得衰弱不堪，更别提像暴风雨般突然来去的霍乱及黄热病，它们像骤风施虐树林般残伤人类，降低人口数，

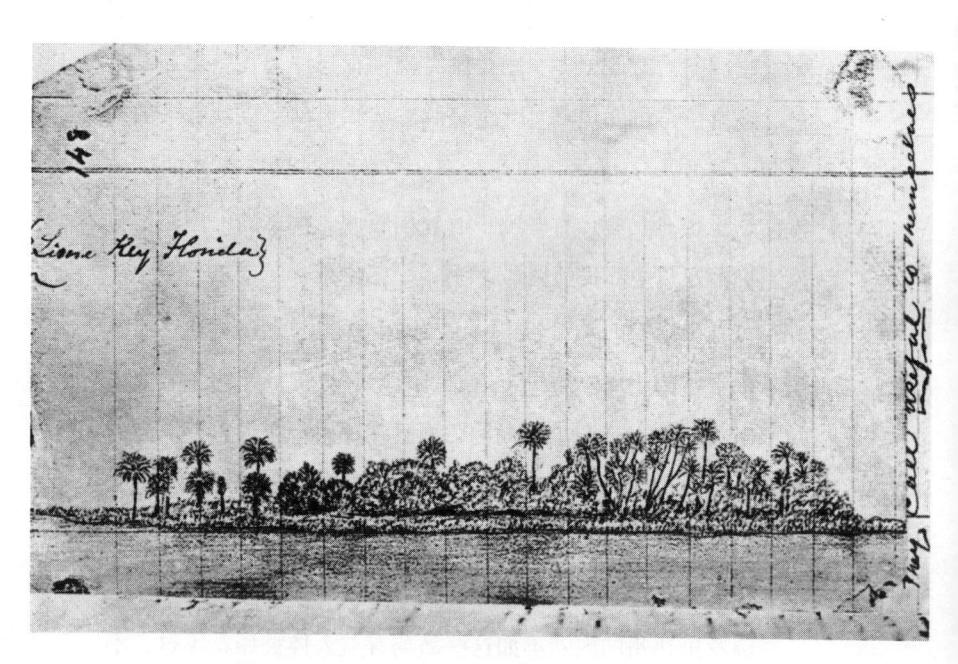

佛罗里达州莱姆屿素描——取自作者笔记本的原稿

甚至造成人口断层。

我们被告知世界是专为人类而造的——这是没有事实根据的假设。许多种人，当他们发现，在上帝创造的宇宙中有任何东西不论死活无法被人或吃或用，也就是没法对人类产生用处，就会感到惊讶颓丧。他们对造物主的原始意图有精密的理论，当他们对"他们的"上帝不恭敬时，并不比异教徒更觉得罪恶。他们被认为是有教养、守法的绅士；或许喜欢民主政府，或许偏爱有限制的君主政体；他们信赖英国文学及语言；十分支持英国宪法、主日学及宗教社会；他们十足像便宜戏院里的木偶，被塑造成一个物件。

如此来看造物主，当然就会对他所创造的万物有错误的看法。举个例子来说，对这类被塑造过的人类，羊是个很简单的问题——它是为"我们的"衣和食而生，由于在伊甸园中偷食了禁果，导致人类对羊毛的需求，而羊吃草和白雏菊全是为了这注定的神圣使命。

同样取悦人的计划，鲸鱼的存在是为我们储存鱼油，帮助星星为我们在黑暗中照明，直到宾夕法尼亚州的油井被发现。以植物来说，不提谷物，大麻明显是用来制作船的缆索、包扎物件及吊死罪犯用的。棉花是另一个为衣而生的东西。铁是为了制犁与锤，铅是为了做子弹；所有这些都是为了我们人类。其他一些不重要的小东西也是一样。

第六章　香柏屿

但是，如果我们问问这些自以为是的上帝旨意解说者，那些把活生生的人吃得嗞嗞作响的猛兽——像狮子、老虎、鳄鱼又怎么说呢？还有无数咬人肉、食人血的有毒虫蚁又如何呢？无疑的，人是为这些东西的饮食而生的吗？喔，不！完全不是！这些都是与伊甸园中的禁果及恶魔有关的无解难题。为什么水会淹死它的主人？为什么许多矿物会毒死人？为什么那么多植物与鱼类会是人类的死敌？为什么万物之主要和万物遵守同样的生命定律？哦，所有这些东西都是恶魔，或者多少与伊甸园有关。

如此说来，这些有远见的教师们难道没有察觉，造物主创造动植物的目的难道不是要使万物都愉快地存在，而不是创造万物以取悦一物。为什么人要把自己看得比万物中的一小部分更有价值？上帝努力创造的东西中，有哪一样不是宇宙整体中重要的一环？没有人类，宇宙不能完整；但是即使是缺少我们肉眼看不见或者知识尚无法参透的微生物，宇宙也同样不完整。

由地球的尘土中，从共同的基本资源中，造物主创造了"人类"——学名 Homo sapiens。用同样的原料，他也创造了其他东西，不论这些东西对我们有害或多么不重要。他们与我们一样来自地球，与我们共生死。那些苦心经营现代文明的极端保守人士，只要有人对任何除人类以外的东西表示些许同情，就斥为异端邪说。他们不只要独占地球,也声称人类是唯一具有无法估量的天国所需要的灵魂的东西。

远在人类被创造之前,我们的地球就在天上成功运行了许久。远在人类占据地球之前,整个万物王国就已在生存与灭绝之间愉快运转。一旦人类也在造物主的计划中扮演一角,他们也可能无声无息的消失。

植物被认为只有很不明显及不确定的感觉,矿物则被肯定完全没有感觉。可是,为什么矿物不可能有天赋的感觉,是否盲目与不包容使得我们无法与它沟通呢?

我把话题扯远了。前面我曾提到,人类声称地球是为他们而造的,我想说的是,有害的猛兽、有刺的植物,以及地球某些地方的致死疾病,都证明世界不完全是为人类造的。当一只热带动物被放到高纬度地方,它可能会被冻死,我们会说,这个动物不适合这样严寒的气候。但当人类自己去热带后得病死亡,他却不认为自己不适合如此恶劣的气候。不,他宁可诅咒造物主制造了这些麻烦,虽然造物主压根不知道何谓热病疫区;又或者,他会认为这是上天对人类自己发明出来的一些罪恶的惩罚。

更进一步说,所有不能被吃或被驯服的动物,以及所有带刺的植物,都是不可原谅的恶魔,根据那些坐井观天的传教士,它们全都该被清除烧毁。可是,身为邪恶圈的人类比任何

第六章 香柏屿

东西都该销毁,如果另一世界的大熔炉能被规划用来熔炼净化我们,使我们与地球上其他东西融合为一,那么地狱就是刁钻的人类虔诚祈祷的成就。不过,我很高兴能抛开这些宗教的炼狱及愚昧,一身轻快地回归到不朽真理与美丽大自然的怀抱。

第七章
寄居古巴

一月的某一天，我爬上屋顶观赏这花之乡的另一次日落美景。眼前是一溜水花清澈的海湾、一道林木茂盛的海岸，伴着一串宁静的贝壳及珊瑚岛屿，天际色彩光耀夺目，没有一丝云影的威胁。柔和的风以及静谧的天，与这群棕榈岛以及它们周遭的水一样奥妙。当我在日落光彩的笼罩下，凝视一个接一个顶着棕榈冠的岛屿时，眼光不经意被一艘美国帆船鲜艳华丽的帆所吸引，它正由珊瑚礁间的迂回水道缓缓驶向香柏屿的港口。"啊，"我想道，"或许我可以乘上这漂亮的白色小东西。"它就是纵帆船"美女岛号"。

就在它抵达后的隔天，我来到岛上的港口，那时我已经有足够的体力步行了。船上的一些水手正在岸上歇息。我一直等到船装好了货，才与他们一起走上船去。确定它要运木材到古巴后，我讲好付二十五元搭便船同行，然后我问面貌精明的船长何时启程。他说:"北风一起就走。我们不需要北风时,它狂吹,现在却吹这要死不活的南风。"

我匆匆回到住处,收拾起植物,和那些仁慈的朋友道别,随即登船。很快地,似乎是为了平息船长的抱怨,北风之神呼啸而来。这小船很快被收拾整齐,张开迎风的帆,像一匹急欲奔向疆场的战马,冲向它海洋的家。一座接一座的小岛快速变得模糊,然后消失在海平线下。碧蓝的水色越变越深,不消几小时,佛罗里达州就消失无踪了。

这趟海上航行是我在森林中消磨了二十年后的第一次,当然格外有趣。我充满了希望,真高兴再次继续南行。北风之神的威力不断增强,"美女岛号"速度惊人,像只张开双翼的海鸟优雅前行。不到一天,强劲的北风已增强到快变成暴风的程度。航道越深越宽,四周的水浪却越打越高。船首的三角帆及斜桁的上桅帆都降了下来,主帆也收卷整齐,但甲板上依旧溅满破碎浪头的白沫。

"你最好到下面去,"船长说,"墨西哥湾的水流正好与风向相对,海浪会越来越大,你会晕船。没有任何习惯陆地生活的人可以支持那么久。"我回答说,我希望风浪能大到他的船可支撑的最高点,我十分欣赏这样的海面风光,不可能会晕船的。我在森林中一直向往这样的风暴,现在这珍贵的一刻已来到,我要留在甲板上好好欣赏。"好吧,"他说,"只要你受得了,你是我见过的第一个受得住这风浪的陆地人,居然没晕船。"

于是我留在甲板上,用一根绳子绑住身体,以免被浪冲下海去,继续观察"美女岛号"高雅地接受挑战;但是我的注意力大部分集中在浪花所造成的夺目画面上。风中有奇异的声音,不再夹杂鸟儿的鸣唱,或棕榈及香藤的摇曳声。它携载的是浪头和漩涡在暴风中崩裂的声响。在这些巨浪的滚动中,我没有见到抗争或激怒,整个暴风显然被大自然的美与和谐感动了。每一道浪都按部就班、和谐一致,就像森林小湖中最温柔的涟漪。天黑后,水面一片闪闪银光,真是壮观。

对我而言,我们光辉的暴风着实太短暂了。清晨,拍打古巴海岸岩石的浪花已在白水之上隐隐乍现。惯于侦察最模糊的陆地线的水手们,远在我能从飞舞的浪花间分辨前,就纷纷指出远处哈瓦那港的守护前哨莫罗城堡鼎鼎大名的指示标帜。我们又朝陆地航行了数小时,模糊的海岸渐渐变得清晰。一队漂亮的白色船只正由哈瓦那港驶出,或是像我们一样正在寻道入港。我们的小帆船才在莫罗城堡港口的避风处收好帆,一群衣着整齐的官员就拥上甲板来,他们态度和善有礼地问东问西,而忙碌的船长并不太理会他们,只是一个劲儿对船员们下命令。

港口的航道很窄,没有拖引汽艇的引导很难泊到指定的下锚处。我们的船长想省钱,但试了多次迂回前行不成后,只好

第七章 寄居古巴　　99

接受汽船的帮助，于是我们很快抵达港湾中间一处安静的地方，在从四海前来的各式大小船只的簇拥下抛下了锚。

距离陆地还有四五百码时，我发现这里除了莫罗岗上勇敢探出头来的弯长叶片香蕉树及棕榈外，放眼望去没有其他植物。到了快接近陆地时，我看到有些地方颜色鲜黄，但因为离那儿还有些距离，我无法确定那颜色是属于地面，还是属于一片花海。现在，由我们的港口停泊处看去，我可以看出那是植物的金黄色。在港口的一边是一大片这种黄色植物；港口的另一边则是黄色的烟草屋，杂乱又拥挤地聚在一起。

"你要上岸吗？"船长问我。"我要，"我回答道，"不过，我想去港口有植物的那一边。""哦，那好，"他说，"你现在跟我来。城里有几个漂亮的花园，长满了各式花与树。今天去欣赏这些，改天我们去莫罗岗捡贝壳。那里有五花八门的贝壳；不过你看见的这些黄坡地上只有野草。"

我们跳上一艘小船，两名水手将我们送到了人声嘈杂的码头。那是星期天下午（编注：无疑是一八六八年一月十二日），是哈瓦那一周中最喧闹的时间。上午是教堂的钟声及人群的祷告声，下午则是剧院及斗牛的铃声及人潮的欢呼声！对圣母及众圣人的低声祷告后，是对牛及屠牛士的高声赞美或谴责！我自在地吃着新鲜的橘子、香蕉及其他各式各样的水果，还看到了从没见过的凤梨。在狭窄的街道上闲逛，讶异于各种陌生的

莫罗城堡及哈瓦那港入口

第七章 寄居古巴

噪音与景致；也观赏了美丽的花园，然后在一箱箱商品间等着去办事的船长到来。最后，我带着疲惫，以及满载的兴奋及诱人的水果，高兴地逃回我们的小船"美女岛号"。

随着夜色的来临，成千上万的灯火点亮了这座大城。我现在已身在梦想中的快乐之土——美丽的西印度群岛。可是，我在想，我要怎样才能逃离这喧闹的市区呢？我要怎样才能到达这块乐土的自然区域呢？查看了地图之后，我很想去爬岛中央的山脉，寻访它的每一座森林及山谷，翻过它的几座顶峰，全程约有七八百英里。可是，老天！虽然我已经从佛罗里达州的泥沼中脱身，但高烧使我体力大减，在城里走一英里路都会精疲力竭，而且天气也过于酷热。

一月十六日。我们抵达此地后的这些日子，太阳总是在无云的天空升起，有一两小时的时间散发出浓郁的金光；然后，一片片岛屿大小的白边积雨云突然出现，再增大成暴风雨的厚度，几分钟后，温热的倾盆大雨夹着劲风落下。随后，又是短暂的平静，空中飘浮着些许的云，夹杂着令人愉悦的花香，然后空气又再度变得黏湿酷热。

很容易可以察觉到，这样的天气对一个体力衰弱又发着烧的人来说是过于暴烈了；经过许多次体力尝试，走到莫罗岗或沿着海岸北上收集贝壳或花草后，我很伤心地不得不承认，再大的热诚也无法让我走到内陆去。于是我只好把寻访限制在哈瓦那周围十至十二英里之内。帕尔森船长让我以他的船为家，而我衰弱的身体使我无法在岸上待上一夜。

几乎一整个月的时间，我在这里每日的活动不外乎：吃完早饭后，一名水手送我去港口北边上岸。步行几分钟后，我就越过莫罗城堡，走到一片长满仙人掌的区域，此地已看不见市区，几乎与佛罗里达州的乱藤堆一样杳无人迹；就在这里我迂回前行，沿着海岸收集数不清的稀有植物与贝壳，有时停下来压平植物标本，或在藤堆和树丛的阴影下休息，直至日落。愉快的时光就这么悄悄流逝，很快我就不得不回到帆船上去。有时候出来接我的水手会看到我，要不然我就雇条小船返回船上。等到抵达船边，我就拿起我的植物压平器以及大把采集的花草，在别人略微的帮助下爬上我漂浮在水上的家。

吃完晚餐并稍事休息后，恢复精力的我叙述了些我在乱藤堆、仙人掌丛、向日葵泥沼和浪潮拍打海岸的探险。我的花草标本以及满口袋的贝壳及珊瑚，当然也得以检视。接着就是在城市的灯光及来去的船只间，坐在凉爽的甲板上冥想。

这时还能听到许多陌生的声音：喧哗的人声、清亮的钟声、莫罗城堡传来的沉重炮声，以及定时哨兵的呼叫声。所有这些声音搅和在一起，弄出了我无从想象的连续不断的尖锐噪音。到了九十点钟左右，就会发现我已躺在船里的小床上，港

第七章 寄居古巴　　103

中轻微的波涛就在耳边轻响。入睡时所梦见的不是酷热的气温，就是设法穿出纠结的乱藤却徒劳无功，再不然就是在莫罗海岸边追逐海浪等等。我就这么日日夜夜地过下去。

偶尔，傍晚时分，船长会说服我跟他及两三个其他船的船长，一起到他那边的岸上去。上岸后，吩咐好水手接我们的时间，我们就雇辆马车驶往城的北端，那里有个大树环伺、树荫夹道的广场。一团铜号乐队穿着华丽的制服演奏着西班牙枪骑兵进行曲。城里的贵族都会在傍晚驾车来街道和广场闲逛，因为这是一天中唯一凉爽宜人的时光。我从没在别的地方看到过人们衣着如此整齐合适。骄傲高贵的古巴家庭，衣着十分合身，绝不过分宽大，非常有气派，丝质宽边，极有品位，真可称得上漂亮。奇怪的是他们的娱乐却如此粗犷，斗牛、震耳欲聋的摇铃声，以及极刺耳又不自然的音乐，才迎合他们的口味。

哈瓦那贵族的地位及财富，在他们驾车出游时，似乎可以由马车和马之间的距离来判定。地位越高，马车的车辕就越长，车轮就越笨重，简直跟炮车的车轮没两样。有些马车的车辕有二十五英尺长，制服鲜艳的黑人马夫骑在领头的马上，和车辕下马匹距离二三十英尺，根本没法听到主人的呼唤。

我在哈瓦那这座大城四处闲逛时发现，城里有很多公众广场，它们都被绿化，并定时浇水，照顾得很好，其中有许多令人感兴趣又引人注目的植物,甚至在花木繁盛的古巴也不多见。这些广场还有美丽的大理石雕像,荫凉处有座椅。许多人行道都铺了砖面,而不是只用碎石子填实。

哈瓦那的街道像迷宫般迂回曲折,而且非常狭窄,人行道只有大约一英尺宽。旅者得不断闪避拥挤人潮、骡匹、木材车和马车,才能摆脱这座昏黄城市的气息,在躁热和疲惫的双重袭击下,满怀喜悦地在宽阔、干净、凉爽、有鲜美花草的广场寻得歇息的处所;不只如此,当他们穿出幽暗狭窄的街道,突然发现自己身在海港的中间,可以尽情呼吸海面吹来的凉风时,总能体验到无比的喜乐。

经过观察后我发现,较好房舍的入口或门廊处总有许多不成比例的短矮廊柱,而房舍外还有看起来宽敞但四面围住的庭院。古巴人一般来说都十分有教养、讲礼貌,而且合群,但对待动物却残酷。我在这里停留的数周中,所见到的残酷虐待骡马事件,超过我这辈子在其他地方所见到的总和。活生生的鸡或猪,脚被绑住,数只一捆地吊在骡身上被带到市场。一般而论,他们对待所有动物,似乎除了冷血的自身利益外,没有其他的想法。

在热带地区要建造城镇很容易,但想克服那些坚韧群聚、纠结成一片的植物,或清除野地以种植食物,就不那么简单了。温带的植物纤弱,不带刺,不纠缠在一起,在鸟、兽、人的践踏下很容易就消失了，把它们的地留给那些可供人奴役的植物，后者会按照人类的意思生长，提供人类食物。可是热带地区坚韧带刺的群聚植物一向坚守着生长的家园，从有人类以来，它们还没打过败仗。

许多古巴的野生植物都围绕着哈瓦那附近生长。由码头走不到五分钟，就可以到达没被开垦过的天然地。大部分我闲逛搜索的地区是一道多石的旷野，寂静，鲜有人迹，只偶尔有一些人会登门来拜访，向大自然索取些种子或植物的根。这条荒野地沿海岸往北延伸约有十英里，只有少数几棵大树或灌木丛，但长有大量美丽的藤蔓、仙人掌、豆科植物及青草等。这沿海土地上的野花赏心悦目，密密长成漂亮的一大片。每棵树都开满了花，耀眼绚丽，因反射太阳光而闪闪发光的叶片，更为树木添了光彩。一条条藤蔓也相互纠缠，环绕缠叠，找不到源头。

我们美国的"南方"有繁茂的花藤。有些地方几乎每棵树都被它们缠绕，增添了彼此的美与雅。印地安纳州、肯塔基州及田纳西州以葡萄藤最茂盛。再往南方，则是菝葜与数不清的豆科植物的居所。佛罗里达州的小岛上最普遍的藤类或许当属夹竹桃科，他们覆盖住栎属橡树及美洲蒲葵，常常有超过百条以上的藤缠成一条粗缆。然而，南方没有一个地区像古巴一样拥有湿热的野花圃，藤蔓种类那么多，开花量那么大，还牢牢地缠绕在一起。

我在古巴发现最长及最短的藤蔓都是豆科植物。我前面提过的莫罗岗靠海港的这面是一片高长的黄花菊科植物，很难穿过。不过在这类菊花林中，有时候也会夹杂着平坦如丝绒的一块块绿草地。突然走到这些开阔的处所，我不由得停下来欣赏这平坦的青绿，这时我在短草中发现了一些有大蝶形花冠的花朵。围绕这草地的高长的菊科植物，几乎被纠结的藤蔓盖满，藤蔓上也有许多类似的热带花朵。

我立刻判断，这些漂亮的花是从周边的花藤上被吹下来的，而海风中的湿气及夜露使得它们依旧鲜艳欲滴。可是，当我弯身捡拾其中一朵时，惊奇地发现，它居然有一根细如发丝的短爬地茎连着大地，而这朵大花的两侧还长了两片细叶。花比根、茎、叶加起来还重。如此，在这片爬满缠绕纠结的巨藤的土地上，我们也发现了迷人、小巧又简单的东西——藤茎简化到它的最基本形态。

最长的藤，就如它小巧的邻居，独自匍匐爬行，覆盖了几百平方码的土地，无数分枝密密地长着直立的三叶形平滑绿叶。它的花朵就如花园里香豌豆的花朵，不管大小或颜色，都普普通通，毫不卖弄。它的种子大又有光泽。整棵植物姿态高雅，以整齐密集的叶子覆盖大地，那种整齐度我从没见过任何植物可与之相比。所有叶子覆盖的土地面积，我想，要比一棵

第七章 寄居古巴

大肯塔基橡树的占地面积还大。以我的观察,它只生长在海边混着碎贝壳和珊瑚的沙土中,一直蔓生到海潮能到达的最高点。这种植物在佛罗里达州也很多。

我所闲逛过的地面,仙人掌类也占很重要的一部分。它们与花藤不同,有一两小节藏在野草中,然后迅速成长为一大丛,顶端宽阔,主干直径可达一英尺,每节光滑深绿,闪现亮丽的光泽。它们与刺叶王兰及龙舌兰都被种成围栏用。

在我头几次的探寻中,有一次,我在低矮的岩石间收集蕨类与藤蔓,突然大吃一惊地发现,就在我面前有一条大蛇,它的身子随意地摆放在野草与石头间,就像一条遭人弃置的绳索。我仓促逃走,但恢复神志后,就发现这种蛇吃素,不会有危险性动作,可是它有许多利牙,而且就像遭受到伊甸园的诅咒——"你永远必须靠腹部爬行,吃尘土为生",无声无息地静静躺着。

有一天,在陶醉于我那收获颇丰的莫罗草地,并压了许多新标本后,我往下走到浪花冲洗得闪亮的贝壳岸边,一边休息一边欣赏美景,观看强劲的北风激起成堆美丽的浪花,冲击珊瑚海岸。我收集了好几袋贝壳,大多是小的,但颜色及形状都很精美,还有些玫瑰红珊瑚碎片。然后,我以观赏海浪的不同色彩、不同形式的弧度及浪头自娱。就在这么孤单而自在的心态下,来学习这些丰富又多层次的浪歌,或我们人类所谓的破碎浪花发出的怒吼，感觉十分有趣味。我比较不同距离的浪花涡卷奋力投向陆地时所发出的不同声音，它们竭力想谱出一首美好的曲子，永远在世界的白浪海边回响。

我从贝壳座椅中站起身来，看着一道大浪由深海中跃起，远远朝斜角海滩打过来，先激起一朵浪花，接着碎成一片白沫而消失。然后我随着退回的潮水走进深蓝的海中，在向后退的闪闪发光的海水中滑步，直到下一道浪潮把我赶回岸上。就这么半专注地玩着水，我发现就在浪花溅打的粗糙海岸上有一株小小的植物，植株上还有花瓣闭垂的花朵。它躲在被海浪冲洗的棕色岩石的低洼处，一个接一个规律的浪花末梢卷滚其上。它娇嫩的粉红花瓣，在紧扣的绿色花萼间偷偷探出头来。在下一个浪头冲来前，我弯身看了一下，"当然，"我自语道，"你不可能是长在这儿的！你一定是从某个温暖的岸上被吹到这里的，就像一粒贝壳被卡在这个低洼的裂缝中。"可是，我一次次在浪潮退去时走近观看，却发现它的根居然夹在这块珊瑚岩的浅缝中，这浪花击打的裂隙真的是它的家。

我时常赞叹坚韧的红藻及其他海藻所展现的对外界的适应力，可是从没想到会在这浪涛怒吼的大海领地里，发现一朵娇贵的开花植物生长在浪花下。这株小花有球形叶片，叶肉透明如珠子，但色泽如其他一般陆地植物。花朵直径约有八分之五英寸，紫玫红，在风平浪静时才绽放。从外表看来，这应该是

第七章　寄居古巴　　109

一种小型马齿苋属植物（portulaca）。那海滩，就我走过的地方，周围都镶满了木本菊科植物，有两三英尺高，顶端生长大量紫色及金色的花朵。在其中我发现了一丛小花，它的黄色花朵真是完美；所有的花瓣每五瓣规律地交替生长，彼此间隔，十分和谐。

一页纸拿来写字，只写一次，读起来很容易；可是如果以不同大小形状的字重复书写，即使整页纸上没有任何令人困惑的无意义的符号或想法会损伤它的完美，也很快就无法看懂了。我们有限的能力，对解读无穷的大自然，也面临了相似的困惑及过度的负担，因为它们被以不同大小和颜色的字一而再、再而三地重复书写，句子中有句子，每个字中又有深意。在大自然中没有被分离的片段，因为每个相关的片段就是同一个东西，它本身是完全和谐的融合体。所有一切组合在一起，形成一张宏伟的世界羊皮纸。

我走过的草地中，最普遍的植物之一是龙舌兰。它们有时被用来做围栏。有一天，就在回"美女岛号"的路上，我从莫罗岗山顶回望，正巧看到两棵像白杨的树，约有二十五英尺高。它们长在浓密的仙人掌及花藤缠绕的向日葵间。我急欲看一看如此像家乡白杨的树，于是匆忙穿过保护它们的仙人掌及向日葵丛，走向那两棵陌生的树。结果我惊异地发现，本以为的白杨原来是开着花的龙舌兰，这是我第一次见到。它们的花朵几乎已大开，很快就会凋谢死亡。有一些零落的花苞还留在枝上，看起来像果实。

龙舌兰的花茎只花几星期就能长得十分粗大。听说这种植物总是竭尽一切力气吐出花朵，一成熟结子就力竭而死。到目前为止，就我所看见的，在大自然中并非如此。它并不需要多大努力就完成了它的任务，也许龙舌兰生长出花茎并不比一株小草结子更难。

哈瓦那有一座很好的植物园。我在植物园内美丽的花树间及树荫下的喷泉边，度过一些美好的时光。园内有一条棕榈大道被认为十分庄严美丽，五十棵棕榈排成两道直线，每一棵都站得直挺挺的。它们的树干圆而光滑，中间略粗，不像是植物的茎干，倒像是车床上磨出来的。五十个扇状树冠完全平衡，在骄阳下闪耀，有如天上落下的一堆堆星星。树干有六七十英尺高，树冠直径约达十五英尺。

在一条小溪边有摇摆的长竹子，像杨柳般多叶，随风摆动的姿态有说不尽的高雅。有一种棕榈有极好的羽状复叶，小叶的叶缘一边呈锯齿状，像铁线蕨（Adiantum）。还有数百种绽放美丽花朵的植物，有些是大树，属于豆科植物（Leguminosæ）。这植物园跟我以前看过的人工花园相比，绝对是最壮观的。它是个完美的大都会，集合了最美丽、最繁茂的花园植物，园里还有宜人的喷泉供应水源，精美围栏的碎石人行道或斜切或弯曲地通往各个方向，外加各种新奇的设计，让它有如天方夜谭中的仙境，不像一般的人工乐园。

在哈瓦那，我见到我整个徒步行中所看到最健壮又最丑陋的黑人。哈瓦那的码头装卸工人，肌肉真是健壮，这使他们能够抛掷或滚动重达几百磅的装糖木桶或木箱，就像搬动空箱子般轻松。我听说我们船上身强力壮的水手观看这些工人工作数分钟后，对他们的精力表示无比的佩服，还希望他们坚硬隆起的肌肉能出售。有些卖橘子的黑人妇女的面容显出一副虔诚好脾气的丑样，我从没想过人的血肉可以如此安排。除了橘子，他们也卖凤梨、香蕉及彩券。

第八章
绕道赴加州

在这艳丽的岛屿度过一个月之后,我发现我的健康毫无进步,于是决定趁体力还能支撑时继续向南美挺进。可是,很幸运的,我找不到去任何南美港口的交通工具。我一直渴望能造访奥里诺科河流域和亚马逊盆地,后者尤其向往。我的计划是在南美大陆的北端找个地方上岸,朝南穿过奥里诺科河源头附近的原始林,直到碰到亚马逊河的一条支流,然后乘木筏或小舟顺这条大河流而下,一直到它的出海口。很奇怪的,尽管我目前身体羸弱,身上资金不到一百块钱,亚马逊河谷又有多种不利健康的因子,我却仍怀抱如此的梦想,具有初生之犊的勇气,可是其他人似乎从没想过这样的旅程。

诚如我所说,很幸运的,在探寻过所有船运公司之后,我找不到任何一艘去南美洲的船,只好计划北上,前往渴望已久的寒冷纽约,再由那里转往加利福利亚州的森林与山脉。我想，在那儿的山中，我应该可以找到健康和一些新植物，先花一年时间待在那有趣的地方，之后再去实现亚马逊河计划。

要在没有徒步探访古巴全岛之前离开，让我百般难受，但是病体不允许我在此多停留，我只好安慰自己，等身体完全恢复后再回来寻宝。同一时候，我开始进行立即离开的准备。当我在哈瓦那的一座花园中休息时，注意到一张纽约报纸上登了个加州船票低价促销的广告。于是我向帕尔森船长打听去纽约的船只，到那里后，我可以找到去加州的船。目前，没有任何加州船只停留古巴。

"嗯，"他指向港中说，"那边有一艘漂亮的小双桅纵帆船要运柳丁去纽约，这些小水果船的速度都很快。你最好赶快去向它的船长打听，看来它快起航了。"于是我立刻跳上一艘小船，一名水手摇桨带我去水果船。上了船，我要求见船长，他很快出现在甲板上，并马上同意以二十五元的代价载我去纽约。我问他船何时起航，他回答说："如果这北风能小一点，明天天一亮就走，不过我的手续都办好了。你必须到美国领事馆去办搭我的船离境的许可证。"

我立刻进城，可是找不到领事，我决定不论有无正式文件，都要离开这儿去纽约。第二天一早，与帕尔森船长道别后，我搭小船离开"美女岛号"去水果船，顺利登上了船。虽然北风依旧强劲，没有变缓的迹象，但我们的荷兰籍船长秉持他对这艘全橡木造小帆船的信心,决定正面迎战北风之神。

船只离港后,都必须在莫罗城堡稍停,好接受离境文件的检查,特别是要确定船上没有逃跑的奴隶。官员们来到我们的小船边,但没登船。他们瞥了一眼领事馆的文件就满意放行,当问到有没有黑人时,船长大声宣称,"半个——也没有。""那好,"官员喊道,"再见!祝你们航程愉快!"由于我的名字不在离境名单内,我就待在甲板下不让人看见,直到我感觉到海浪翻涌,船来到空旷的大海上为止。莫洛堡的塔楼、草坡、棕榈树及白浪拍打的海滩,都渐渐消失在远处,而我们海鸟般的小船驶入了它辽阔风浪中的家,勇敢地面对劲风,向每一道浪头致敬。

两千年以前,我们的救世主对犹太人的官尼哥底母说,他不知道风从哪里来,或到哪里去[①]。而在现在这辉煌时代,虽然我们这些基督教徒知道许多风的来源与"去向",然而,我们对风的一般知识,就如那些巴勒斯坦的犹太人,所知甚少,不论科学有多大的力量,我们的漠视从没有比现在更甚。

风的实质薄到人类的肉眼看不见,它的文字难到人类的心灵无法理解,它的话语大部分弱到人类的耳朵听不见。据说有人发明了一种机械,可以让人类的语言器官记录下本身说出来

[①] 参见《约翰福音》第三章。

的话。可是不靠额外的机械，每个说话的人都能边说边记。所有上帝创造的东西都记录它们自己的行动。那个曾说过"翅膀的摆动不会对天空造成伤痕"的诗人是错误的。那只是他的眼睛太模糊，看不见伤痕罢了。船经过古巴，我看到海岸边那道白沫，但听不到浪涛声，因为我的耳朵听不到那般远的浪花冲击声。然而，每一朵浪花都在我的耳际回响。

这个话题，让我想起我最近这趟旅行所听到的一些风声。在我从印地安纳州走到墨西哥湾的旅程中，土地与天空、植物与人们，以及所有可以变动的东西都不停变动。即使在肯塔基州，大自然和艺术也有它特殊的语言。人们的语言习俗不同。他们的建筑物就与北方的近邻不同，不只是农庄大院，即便是农舍、谷仓或穷人的小木屋也不一样。可是成千上万熟悉的花朵，在每个山坡和谷地抬头摇摆。我注意到，天没变，风也说着相同的语言。我并不觉得我在陌生的地方。

在田纳西州，我看到了第一座山景。我到访过以前从没去过的高处；陌生的树开始出现；每跨一步，就有高山花朵与灌木迎向我。可是坎伯兰山脉生长着橡树，与威斯康星山坡上交错的树木没有太大不同，陌生的植物与过去熟悉的植物也没有太大差别。天空只变了一点点，风声听不出有不同的声调。因此，田纳西州也不算是陌生地。

可是，很快的，改变来得多又急。经过北卡罗来纳州一角的山脉，进入佐治亚州之后，我看到了阿勒格尼山脉的最后一道山峰，它那广大平坦的沙质坡从山延伸到海。山上深黑繁茂的松林，对我来说是完全陌生的。这里的草不同于北方盖满地面的草地，它们一堆堆分开生长，茎干高长，像小树苗。我熟知的花朵朋友此时已离开我，不像在肯塔基与田纳西那样一株株离我而去，而是一群群或一簇簇离去，继之而来无数种类的闪亮陌生的同伴对着我弯腰致意。天空也改变了，我也可以感觉出风中出现不同的声音。现在我感觉得出我是一个"在陌生地方的陌生人"。

但变化最大的是佛罗里达州，这里生长着美洲蒲葵，风经过它们吹出的声音完全不同。这些棕榈与这些风声打断了我与家乡联系的最后一根弦。我现在彻彻底底是个陌生人了。我喜悦、惊诧、惶恐，眩惑于势如破竹的变化，像是落入了另一个星球。可是在这一长串复杂的变迁中，最大最后的改变是风的音调与语言。它们不再是老家开阔的原野或摇曳的橡木林所谱出的乐章，而是许多陌生琴弦奏出的旋律。玉兰花的叶子光滑如磨亮的钢，森林完全转换成铁兰的帘幕和棕榈树的高贵树冠——于其上，风奏出了陌生的音乐，而当夜色降临，我感受到因远离朋友与家园而来的排山倒海的压力，那是如此不胜负荷，我已与熟悉的人与物完完全全隔绝了。

我在别处提过，当我离墨西哥湾还有一日行程时，第一道海风迎面而来——这是我二十年来第一次被海风拂过。我背着小包与植物，身子前倾，疲惫地拖着因将发烧而疼痛的身子蹒跚前行，突然我觉出了空气中的咸味，在我能思考之前，长久蛰伏于体内的联系涌上心头。福斯湾、鲈鱼岩、邓巴古堡，以及那风、那岩石、那山坡，全随着风的翅膀飞来，就像黑夜中划过一道闪光，那些山水清楚地展现在眼前。

当海上风浪大时，我喜欢乘着像我们的小船一样的小艇，紧抓住船上的小木柱，看船拖着像彗星般的长尾巴，从每一道浪头上飞过。大船在不同形状的波浪中显得笨拙，像个无根的岛在海上漂浮。可是我们的小帆船却像海鸥般往前冲刺，以愉快的韵律从每道浪的一边上升，再由另一边下来。我们越往前行，眼前的景色越壮丽。浪随风推动，越来越高，也越来越大。在这变化不断的洁净水域航行是件愉快的事。由水浪的凹处往上看，或船在浪头顶端时，我有时几乎忘记这闪亮如玻璃、无树无花的地方，可是徒步者的禁地。如果能徒步在此探寻，享受这透明的水晶地面，欣赏起伏的浪涛所奏出的音乐，不受船上绳索及木板的干扰，那该多美好啊！我可以研究这些浪涛和潮流植物；天气恶劣时，可以睡在磷光闪闪的波涛床上或散发咸味的海藻中；夜晚可以观看鱼儿游过而留下的发亮路径；白天我与成群的鸟儿及点点的飞鱼一起走过平静光滑的海面，夜晚则有灿烂的星星做伴。

可是，即使在陆地上，也只有一小部分土地可供人自由前往，而如果人从事一些被禁止途径的旅行，或到冰冷或滚烫的地方冒险，或乘热气球上天，或坐船走海路，或坐在窒闷的潜水钟中钻进水底探险——即使是这些小探险，人们也会被警告或惩罚。用正确的语言说，这些各式各样的警告或惩罚都清楚地显示，人类是生活在不属于他们的地方。然而，不管我们的时代进步得多快，没有人能说出还要多久人类才能征服星星。不管怎样，我都十分享受这趟漂浮海上的旅行。

散发柏油气味的船上社会本身就是一种研究——在由几块木板钉成的小领域上的专制社会。不过，因为我们船上只有四名水手、一名打杂工人及一个船长，并没有专制存在。我们共桌吃饭，享用我们储存的腌青花鱼、梅子布丁，还有永远吃不完的柳丁。我们的船舱装满了没有装箱的零散柳丁，连甲板上也堆着与边栏平齐的柳丁，我们必须踩过这些金色水果才能登船。

一群群飞鱼常飞过小船，有时会有一两条掉在柳丁上。水手们常喜欢把这些鱼抓起来，卖给纽约的好奇者，或分赠亲友。可是船长有一条大纽芬兰犬，它是这些不幸的鱼的最大主顾。它只要一听到鱼蹦跳的声音，就会由瞌睡中一跃而起，在水手们到达落鱼处之前，飞扑过去尽情享用。

经过佛罗里达海峡时，风渐渐变小，海面平静无波。这里的海水很清澈，呈现悦目的纯浅蓝色，不像平常的暗淡水色，就好比高山上的空气对比都市的尘烟。我可以很清楚地看到海底，就如走在路上看地面一样。我们的船能被如此纤弱的液体载起，真是件很奇怪的事；而海底如此近，船居然没有搁浅，也是稀奇。

一天早晨，我们在巴哈马群岛间穿行，海天一片风平浪静。太阳在无云的天空散发光芒，此时，我看到一大群飞鱼，离我们很近，正被一条海豚紧紧追逐。这些食鱼族跃升的动作颇有技巧，以低弧度迅速向前滑跳五十至一百码，然后钻入水中。几秒钟后，它们带着闪亮的水珠再一次跃起，又再度快速滑回清亮的海洋，但它们一点也不害怕。

一段距离后，海豚追上了鱼群，跃入它们之中，于是一切动作就结束了。鱼群不规则地朝各个方向跃起，像被老鹰追捕的一群小鸟。而追逐其后的海豚也跃入空中，炫耀它漂亮的颜色及傲人的速度。在第一度四散跃起之后，所有的挣扎都无用了，海豚就在被打散的疲惫鱼群中出其不意地捕食，直到饱餐一顿。

我们看着浩瀚的海洋，很容易认为它只不过是地球上空白的一半——一块无用的"废水"，就像沙漠。可是，虽然我们是陆地的动物，我们对土地就像海洋一样无知，我们以商业的眼光胡乱看待海洋，相当了无意义。现在科学正在对海洋的生物和海底的形成进行全面调查，同时，类似的调查也在过冷或过热的荒漠上进行，一段时间之后，我们终究会发现，海洋与陆地同样充满着生机。没人知道人类的知识可以发展到多远。

穿过海峡后，我们继续沿海岸北上，当到达与卡罗来纳州海岸南端差不多平行时，我们遇到了逆风，这风一路吹袭到纽约，我们的小船被海水浸透了。当然我们整船的柳丁也惨了，由于它们堆高到船舷边，我们行走困难，好几次几乎被冲下船去。在哈特勒斯角附近的飞鱼似乎很喜欢由一道浪头飞向另一道浪头，白天它们避开我们的船，但晚上常跌落在柳丁上。水手们抓到不少，但我们的大纽芬兰犬却比水手跳得更快，几乎独霸了这场游戏。

当夜晚降临到海风怒号的海面时，浪花闪烁着点点磷光，真是一幅绝美的景观。在这样的夜晚，我站在船首斜桅边，以绳索紧绑住身子固定，一站就是几个小时，欣赏这壮丽的美景。多美妙的光芒啊！难以计数的有组织生物发展出这光芒，耀眼地点亮鱼群的路径和每朵浪花，有些地方还一整片闪亮着，宛如发光的纸张。我们也行过大片的海藻区，我采集了一些标本。我尽情享受这柏油和填絮做成的新奇小家，当航程接近终点时，想到要离它而去，禁不住觉得伤感。

第十二天，我们已接近纽约这个大船埠。我们整日都能看见海岸。光秃秃的树及积雪看起来很陌生。现在已接近二月底，积雪的地面就快融化。由林木茂盛又酷热的古巴，到达严冬酷寒、白雪覆盖、枝干光秃的纽约，让我们"眼"目一新，印象深刻。一道寒流由桑迪胡克向海面横扫而来。水手们都翻出弃置已久的羊毛衣服，在拉绳扯帆时，一个个包裹得像肥胖的爱斯基摩人。对我而言，由于长期发着烧，这样的寒风吹过我松散的骨头，比春风还令我舒适感恩。

我们现在有了许多同伴，全是来自不同国家的船只。我们绷紧的小快艇，像其他船只一样，由风中解脱出来，进入港口。傍晚时分，我们勉强地挤过河口冰冻的三角洲，于九点钟抵达内港。就像市场的小推车，我们在码头排列的斜板处停泊好，第二天一早所有人才与船上的柳丁一起上岸，柳丁已烂了三分之一。如此，我们这趟航行的所有任务终告达成。

抵达后，船长知道我阮囊羞涩，告诉我可以继续使用船上的铺位，直到启程去加利福利亚州，至于三餐，可以在附近一家餐馆解决。"我们都是这么做的。"他说。我翻看报纸，发现离境日最近的船只"内布拉斯加号"将在十天后启程前往阿思班华①，而经由巴拿马海峡到旧金山的统舱铺位只要四十元。

在这同时，由于我一个人也不认识，就在市区闲逛。我步行的区域只略微超出看得见小帆船的范围。我在街车上看过中

---

① 巴拿马北部港市科隆的旧称，扼守巴拿马运河北口。

央公园的名字,想去造访,但又怕找不到回来的路,就不敢冒险。在拥挤的人群、喧嚷的街道、高大的建筑物中,我感觉自己完全迷失了。我常觉得,如果这座城市能像许多荒野山丘与谷地那样鲜少人迹,我会很愿意去探访它。

登上那艘巴拿马船的前一天,我买了本小加州地图,又被说服买了一面是世界地图、一面是美国地图的卷轴大地图,共十二卷。我一再说它们对我毫无用处,却徒劳无功。"可是你一定想到加州去赚钱,对不?那里什么东西都很贵。我卖你两块钱一卷这样的好地图,你在加州很容易一卷就能卖到十块钱。"我笨得让自己被他说服。这些地图捆成笨重的一大包,不过,很幸运的,我的行李只有植物压平器及一个小袋子。因为地图太大,不可能被偷或藏起来,我就把它们放在统舱的铺位上。

统舱的生活与我在小水果船上的美好居家日子有天壤之别。我从没见过如此野蛮的一群人,特别是在吃饭的时候。船抵达阿思班华,我们有半天的自由时间,然后就启程通过巴拿马海峡。我永远不会忘记那些艳丽的花树,特别是沿着查格雷斯河的十五至二十英里。茂盛至极的森林大树,绽放着紫色、红色及黄色花朵,比我看过的任何东西都美,特别是花树,远较我在佛罗里达及古巴看过的美丽得多。我从台车上瞪视着这一切,深深着迷。我因喜悦而欢呼,希望有一天能回到这里来,欣赏研究这些美得无与伦比的森林,直到满意为止。我们大约在四月一日抵达旧金山，我只在那儿待了一天就出发去约塞米蒂山谷①了。

我沿着圣何塞谷的恶魔山麓小丘到吉尔罗伊，然后经由帕切科山道翻过恶魔山到圣华金山谷，再走下美熹德河河口对面的山谷，穿过圣华金，爬上内华达山脉到达红杉巨木林及壮丽的约塞米蒂山谷，然后再沿美熹德河而下，到达这里②。我通过帕切科山道时的天气真是好得无法赞美与形容——散发着清香、甜美与光亮。天空简直是十全十美，空气甜到足可供天使呼吸；每一口气都能带来格外的满足。我相信亚当与夏娃即使在伊甸园最温柔甜美的角落，也不曾尝过比这更美好的东西。

一直到吉尔罗伊，海岸山脉的山麓都近在眼前。它们以无比美丽的弯道与斜坡跟山谷相连。它们披着我从没见过的最绿的草、最富丽的光彩，又被各色各样数不清的花朵添上色彩，主要是紫色与金黄，美到极点。无数清澈如水晶的小溪加入云雀一起歌唱，整座山谷充满了音乐，宛若大海，使它彻头彻尾成为人间的伊甸园。

山道上所有大自然的景致同样迷人至极。那里有陌生的美丽山蕨，低至山谷、高至阳光照射的岩峰都有它们的踪迹；沿

---

① 到这里行程算是结束了。本章剩下的部分是取自作者给艾兹拉·卡尔太太的一封信。此信于一八六八年七月寄自二十丘谷地附近。
② 加州美熹德县的斯内林附近。

路花朵盛开的灌木丛，漫山遍地的野花，娇贵清纯，尽情享受着如此甜美的山之家。喔！还有，那些小溪！它们放射出闪亮的光芒，轻快地顺着流水唱出自己的歌，或在阴影下或在阳光里顺着不停变迁的可爱路径流向大海。更有那层峦起伏的丘陵与山脉，层层叠叠，一片壮丽浩瀚，散发难以言喻又无法抗拒的魅力。

最后，当你像只被打到眩晕的昆虫，想逃出这无法抵御的山势时，山泉、海洋就突然蹦出眼前。而就在那儿，在层层叠叠的山丘之后，清楚展现在眼前的是一片广大平坦又向外延伸的平原，有河流灌溉，然后，百英里外又是白雪覆顶的山峰。那平原就是圣华金，而那山脉就是内华达山脉。圣华金谷是我走过的花朵最多的一方世界，一块广大平坦的花床，一张花毯，平滑如海，只有中间略微隆起，那是装点在河边或四散在小溪边的树丛。

佛罗里达州可被称为"花之乡"，对那些生长在最适地点的每种开花生物来说，有超过百种以上住在这里。这里，这里才是花之乡！在这里，花朵不像在我们家乡的原野那样散长在草地上，而是青草散长在花地里。也不像在古巴，花盖着花，堆叠隆起成一大片；这里的花并肩而立，一朵接一朵，一瓣接一瓣，互相碰触，但不纠缠，枝茎摇曳，彼此擦过，自由而独立——一片和谐的图画，青苔贴着地面生长，草在其上，而花开在两者之间。

  在研究这座山谷的花朵、天空,以及它们家中的所有家具、声响和装饰物之前,人类很难相信,它们广大的结合是永久的;宁可认为是某种生长目的激发的。它们从自己王国里的平原、山脉、草原集合起来,而不同颜色的大大小小的园地,就是不同部落及家族营地的标帜。

第九章
二十丘谷地

　　如果我们把内华达山脉以十二英里为厚度切成小区块,那么每一区块都会包括一座约塞米蒂山谷、一条河,以及成串的明亮湖泊、草原、岩石与森林。而每一区块所包含的壮观美景都是广大无边又超乎想象,想从其中选出一块来,就像从同一条面包中挑选出其中一片。这一片面包可能有洞、有烤焦的地方,另一片面包可能颜色比较黄,再一片面包可能比较脆或切得不平;但主要的部分都一样。内华达山脉每一区块的一般特性没有太大程度的不同。尽管如此,我们都会不约而同地选择美熹德那一区块,因为它容易进入,也被人尝过,说是非常美好;又因为它是约塞米蒂的浓缩,这是内华达山脉这条面包在此部分的烘烤、发酵、加糖霜的某种情况所造成的。以同样的态度,我们很快可以想象,中央的大平原是一炉面包,一块黄金蛋糕,我们不要把这些美好的面包当成了面包屑。

在烟雾的天空被冬雨清洗后，整条内华达山脉由平原看去就像一道墙，略有点斜，一道道彩带平行横叠，简直像由拉平的彩虹所组成。由山上望向平原，也有同样简明的平坦表面，上面添了紫色与黄色的颜料，像是彩云拼成的棉被。但当我们下降到这条平坦的厚毡上，我们会发现它的实际状况与山脉一样复杂，只不过没有那么明显。尤其是美熹德山脉与图奥勒米山脉之间的平原，有十英里的板岩山麓被精巧地雕琢出山谷、洞穴及缓缓起伏的山丘，而在其间就躺着美熹德的约塞米蒂——二十丘谷地①。

这宜人的谷地长不到一英里，宽度正好足够形成一个完整的椭圆。它坐落在两条河的中间，离内华达山麓约五英里。它的周围有二十座半圆形小丘，因此而命名。它们围绕在谷地的四周，只在西南方有一个很窄的开口，让水流出。谷地底约比周围的平原低两百英尺，而小丘的顶端也比平原略矮。这里没有高塔般的圆顶作为标记，人们可能要很接近它的边缘才会意识到它的存在。它的二十座小丘的大小、位置与形状都很一致。它们像一半被埋在地下的巨形弹珠，以等距离漂亮地安顿在它们的位置，形成了童话般迷人的丘陵；每座小丘间有个小草谷，每座小丘也都有自己的小溪，这些小溪闪烁地跳向开阔

---

① 这里是作者一八六八年大半个夏天及一八六九年春天停留的中心地区。

的山谷，汇合成谷溪（Hollow Creek）。

这二十座小丘就像附近所有的丘陵一样，是由成层岩与不同比例的山上冲积物混合而成。有些成层岩几乎全是火山物质——岩浆与焦木——被冲积它们的流水彻底磨碎混合而成；又有些大部分是不同粗糙度的石英及水晶岩集成。有些地方显露出清楚的层次，标明海洋、冰原、火山岩浆详细的历史——未燃尽的焦木和灰烬刻画出这些白雪覆顶的山脉上黑烟遮天、河流和湖泊都烧着熊熊烈火的黑暗时代。当时内华达山脉上流着直达海洋的岩浆，对人类而言，真是个恐怖的年代。那是一片何等广大的火海啊！又是何等浓烈的漫天灰烬与黑烟啊！

这区域的冲积物与岩浆已经被水冲刷走。当原来的海洋移走而形成这片黄金平原时，它们大部分的表面充塞着低浅的湖泊，平静无变，直到大雨及山上冲下来的洪水渐渐把这单调的地方雕琢成现在变化万千的河岸与山坡，把美熹德山脉与图奥勒米山脉之间的部分创造出二十丘谷地、百合谷、可爱的瀑布溪及堡垒溪溪谷，以及其他许多不知名或只有猎人及牧人知道的谷地，它们躺在平原的底部，像是没有被发现的金矿。二十丘谷地是典型的流水侵蚀形成的谷地。这里没有像华盛顿圆柱或酋长岩[①]等一样的地标。从软熔岩切割来的低浅谷地，没有

[①] 华盛顿圆柱，约塞米蒂山谷著名圆顶岩峰，高度约一千八百英尺。酋长岩，约塞米蒂公园名胜，乃全世界最大的花岗岩，高达三五九三英尺。

第九章　二十丘谷地　129

加利福利亚州美熹德县二十丘谷地素描——作者绘

学理上一次地震所能造成的那样深峻，根本算不上是烘培师傅创造约塞米蒂诸山脉所用的几项便利工具之一，而我们和善的算术标准并不会被这个简单又完整的谷地激怒。

目前这部分平原的裸露速度大约是一年十分之一英寸。这个大约数字是根据观察溪流两岸及多年生植物计算得来的。风及雨可以不干扰植物的生长及动物的居留而移动山脉。盘旋的海燕、海中的鱼儿和漂浮的植物，与海浪美丽的韵律同上下；同样的，这块陆地上的鸟儿及植物与土地的起伏同上下，唯一的不同处是前者的起伏快于后者。

三月与四月，谷地里及山坡上盖满了似厚绒布般黄色及紫色的花朵，其中黄色又占大宗。它们大多数是菊科植物，也有少数春艳花、吉利花、金英花、白色及黄色的紫罗兰、蓝色及黄色的百合、报春花，以及半浮在紫色草地上的绒毛蓼属植物（eriogonum）。谷地里只有一种俗称"大根"的蔓藤植物（Megarrhiza; Echinocystis T. & D.）。一英里内唯一的树丛约有四英尺高，在平坦的地上显得非常独特，我的狗对它小心地保持距离，绕着它猛吠，好像它是只大熊。有一些山坡是岩脊，上面长着艳红及鲜黄色的地衣。在潮湿的角落有繁茂的苔藓，包括珠苔（Bartramia）、分叉苔（Dicranum）、葫芦苔（Funaria）及几种灰苔（Hypnum）。在凉爽阴暗的小湾内，苔藓还伴有气囊蕨，以及叶上有金色细点的岩蕨——加州金蕨

（Gymnogramma triangularis）。

  谷内鸟不多。野云雀以此为家，还有穴鸮、双胸斑沙鸟及一种麻雀。偶尔会有几只鸭子来到水边，还有蓝色或白色的鹭鸶在溪边潜行；松雀鹰及灰鹰①来此猎食。谷地的所有歌声几乎都来自云雀，此地的云雀与东部的野云雀不同种，不过很相近；艳丽的花朵与天空激发它们创作出更美妙的歌声，胜于大西洋云雀。

  在此地，我注意到有三首很特殊的云雀歌曲。第一首是它们在一次特别聚会时唱的，我立刻决心把歌词记下，是这样的："Wee-ro spee-ro wee-o weer-ly wee-it"。一八六九年一月二十日，它们唱着："Queed-lix boodle"，很有规律地重复了好几个小时，美妙的歌声与天空一样甜美。同月的二十二日，它们唱道："Chee chool cheedildy choodildy"。这些快乐云雀的歌声，既能激发人类也能被人类的灵魂普遍接受。这似乎是这些山丘中唯一与我们有直接关系的鸟儿的歌。音乐是一种不论以何种形式集结的事物的表现。空气中的露滴与雾气被特别制造成能在云雀的胸腔中翻滚，就像无数空气在沙粒的空隙间低吟，注定会完美组合出世界欢乐之歌；可是我们的感官不够精良，无法捕捉它的音调。你可以想象，谷地广大的花群摇曳摆动，由

---

  ① 这里无疑是指金雕。

花瓣、花蕊及成堆的花粉谱出无数音乐。这其中没有一个音符是为我们而存在的；尽管如此，我们要感谢上帝，在云雀的羽毛下藏放如此美妙的乐器。

老鹰不住在谷里，它们只是飞来猎食长耳兔。有一天，我在山坡边看到一只漂亮的老鹰飞翔。起先，我弄不清楚有什么力量能吸引这空中国王像云雀般飞落到草地上。我注意看它，很快就发现它下来的原因。它饥饿地站着，守望着一只站在窝边的长耳兔，兔子也瞪视着它的有翅膀的死敌。两者相距约十英尺。如果老鹰要去捉兔子，后者会立刻消失到地底。如果长耳兔耐不住长久不动，冒险溜到坡上其他洞穴，老鹰会扑过去以翼尖打死它，然后把它带到某个喜爱的岩石桌上饱餐一顿，最后抹去所有血污的标志，再飞回天上。

自从羚羊被赶跑后，野兔是谷地里最敏捷的动物。当被狗追时，它不会像看到老鹰飞近那样找窝躲藏，只会一坡又一坡横穿起伏的地面溜走，迅速而毫不费力，有如鸟影。我曾量过一只长耳兔的高度，由地到肩有十二英寸，由鼻尖到尾巴身长十八英寸。它的大耳朵有六英寸半长、两英寸宽。它的耳朵，虽然大得惊人，依旧十分优雅合适地长在它身上——也为它带来了家喻户晓的绰号"驴耳兔"。野兔遍布这平原，多阳少林的山麓也很多，但浓密的松林就不见它们的踪影。

土狼，或称加州狼，偶尔被看到在谷中流窜，但为数不多，大多数已被牧羊人所设的陷阱或毒药捕杀。这些土狼的大小约与小牧羊犬差不多，跑起来动作优雅好看，两耳直立，有与狐狸一样的大尾巴。因为它嗜食羊肉，因此被牧羊人及大多数的文明人痛恨。

地松鼠是谷中最常见的动物。它们在一些地层较软的山坡上挖掘地穴为窝。当这些地下城市有警讯时，观察它们的动静是件有趣的事。它们的环形街道充斥尖锐刺耳的叫声："嘶克的，嘶克，嘶克，嘶克的！"附近的邻居立刻谨慎地探出半个头来，在门边窥视，互相低声交谈。其他的则守在门前或门楣的岩石上激动地呼叫，好像要大家注意骚动和敌人。就像狼一样，这些小动物也饱受人类的咒骂，原因是它们常偷吃谷物。唉！真遗憾，大自然造出了那么多张味觉跟我们一样的小嘴！

谷中四季都温暖明朗，花朵终年绽放。不过，要等十二月或一月的雨季开始，每年植物的发芽和昆虫的生活才会被催动。届时，热稠的空气被清洗凉爽。像藏在农夫的储藏箱中那样，已在干燥的地下躺了六个月的植物种子，此时立刻展开了它们的新生命。飞蝇低哼着细微的曲子。蝴蝶由它们的棺木中飞出，有如子叶飞出了叶荚。散布谷地及低洼处的干涸河道，霎时倾注了清澈的水，闪烁地由一潭流到另一潭，就像满布尘土的木乃伊突然复活，带着红润的血色谈笑风生。天气也像花朵般好了起来。它在地里的根系在一两个星期内就长成一大片，上面顶着一大片一大片的叶云；而金色的阳光终日在云间散发光芒，像半遮在叶下的成串的小野果。

在这几个所谓雨季的月份，并非雨水不断。在北美，甚或全世界，没有任何地方在一月中被如此生动的阳光抚慰闪耀着。参看我一八六八年及一八六九年的笔记，我发现雨季的首场大雨在十二月十八日落下。一月，在白天总共有二十小时的雨，分六天下。二月只有三天下雨，总计十八个半小时。三月有五个雨天。四月有三天，总共七小时的雨。五月也有三天共九小时的雨。这就是一年中所谓的"雨季"，这样的记录算是一般的。必须一提的是这不包括夜间的雨量。

这个区域的暴雨，与密西西比河谷壮丽、暴烈又颇有特性的暴风雨完全不同。尽管如此，在这无树的平原上，我们也在几个漆黑的夜晚经历过暴雨，那就像山中最让人肃然起敬的暴雨一样，令人印象深刻。在稳定的天气里，风从西北吹向东南；天空慢慢卷起平顺、和谐、无皱无折的云堆；然后大雨就不停落下，有时被强风吹斜。在一八六九年，超过四分之三的冬雨来自山谷东南部。一场来自西北的豪雨发生在三月二十一日；一片浓密圆滚的云翻涌到开满花的山坡上，雨就翻江倒海地落下。这样的急雨只持续了大约一分钟，不过，尽管如此，这样像天山瀑布的奇景是我生平仅见。靠近内华达山脉的平静天边，刷上了一层薄薄的白色云纱，就在那里，连续不断的雨高高落下——一条云上的瀑布,就像在约塞米蒂的瀑布一样,落下来的既不是雾,不是雨,也不是实在的流水。同年,一月,不算雨天,阴天平均是〇点三二天;二月是〇点一三天;三月,〇点二〇天;四月,〇点一〇天;五月,〇点〇八天。大部分这样的阴天都聚集在几天之中,剩下的日子艳阳普照,结实的阳光射入地上的每个裂隙或小孔中。

一月底,有四种植物开花:一种白色的小水芹,长成一大片;一种有伞状花序的低矮黄花;一种花朵闪亮的无叶绒毛蓼属植物;以及一种小紫草科植物（boragewort）。五六种苔藓整理了它们的头盖,展现最亮丽的光彩。二月,松鼠、野兔、花朵都在享受它们的春天。鲜艳的植物群在谷中到处绽放光彩。蚂蚁也准备开始工作,在蚁窝口的壳荚堆上摩拳擦掌;肥胖、沾满花粉的"粗大、半瞌睡的大黄蜂"在花间乱舞;蜘蛛忙着修补破网,或编织新网。每天都有花朵出生,像穿着新衣由教堂出来的儿童,快乐地蜂拥上地面。清新的空气,一天天因飞虫的低唱而更悦耳,因植物的吐息而更甜美。

到三月,植物种类超过了一倍。当先锋部队的小水芹此时开始结子,穿上了讲究的绣花短荚。几种春艳花出现了;还有一种白色的大花葱属开花植物（leptosiphon）,以及两种粉蝶花（nemophila）。一种小车前草已长得够高,足以摇摆着炫耀它如丝绸般柔软的波动叶影。接近三月末或四月初,植物的生长到达顶峰，没有人不被它的富丽堂皇惊倒。如果计数这二十丘或山谷里溪边每一英寸土地上的花朵，你会发现，每一平方码有一千至一万朵花，这还是把每株菊科植物单算成一朵花。黄菊占金色花带的绝大多数，阳光以最浓郁的光彩照射它们，因为这些闪耀的黄光就像它亲生的孩子——一缕缕花之光线，一道道花之光束，令人赞叹！人们可以想象，这些加州的日子由土地里所得到的黄金，远比奉献给土地的多。大地确实变成了苍天；两个无云的天，互相照射，万花的光芒对着太阳的光芒，连结出一个发射万丈光芒的天堂。到四月末，大部分谷中的植物已成熟结子后凋谢；但是，并没有腐化，它们坚韧的总苞和花冠形谷荚仍然为大地添加色彩。

　　五月，只有少数根系钻得深的百合及绒毛蓼属植物仍然活着。六月、七月、八月及九月是植物的休歇季，接下来的十月则是一年中植物生命最旺盛的季节，也是一整年中最干燥的时节。一种小而谦逊的类向日葵属植物（Hemizonia virgata）突然全开了花，绵延数英里，像四月的金色又再复活。这种植物的高度由六英寸至三英尺不等，有浅色的大叶子。我曾经数过，一株植物上有将近三千朵花。它的叶子及花萼都极细小，在遍地的金色花海中几乎无法看见，于是这些花就好像没有枝茎般浮在那里，宛如满天星斗。花的直径大约八分之五英寸；放射状碟形花朵，黄色；雄蕊是紫色。花瓣毛绒鲜艳，很像庭园里的三色堇。夏季的季风使所有的花头都转向东南。它的叶片及总苞的蜡状分泌物，使它得到大家知道的难听名字"柏油草"。据我们估计，它是平原上菊科家族最美丽的一份子。它的花朵一直开到十一月，紧接其后的是一种绒毛蓼属植物，后者的花季会持续整个十二月，一直到接上一月的春花。因此，虽然一年的植物生命几乎都挤在二月、三月和四月，但是二十丘谷地的花终年不断。

游客可以很容易地经由约塞米蒂到二十丘谷地来探访，由斯内林到此只有大约六英里。对自然学家而言，这里的四季都趣味无穷；但对大多数游客来说，一月之前、四月之后就没有什么意思了。如果你想看看一月可以有多少光亮、生命和欢乐，那就到这神赐的谷地来。如果你想看植物复苏——无数鲜艳的花朵由地里涌出，就像等待裁判的灵魂——那就二月时到二十丘谷地拜访。如果你是为了健康理由旅行，想逃避医生及朋友，那就在口袋里装满饼干后躲到这谷地的山坡上，在它的水中洗涤身体，用它金色的光芒晒黑皮肤，靠花朵的光芒取暖，这样的洗礼一定会带来全新的你。或者，社会的残渣弄得你快窒息，你厌倦了这个世界，只要来这里，你所有的质疑都会消失，你肉体的外壳会溶去，你的灵魂可以自由地深深呼吸到上帝无边的美与爱。

我永远不会忘记我在这个圣水盆里的洗礼。它发生在一月里，一个许多植物与我同复苏的日子。我突然发现我在一个山坡上；谷地满溢出阳光，像一道喷泉，只有一小部分没有阳光的角落保留给苔与蕨。谷溪闪烁炫惑有如大河。大地蒸发出香气。说不出有多浓郁的光彩孵育着花朵。我由衷觉得，加州真是黄金之州——汇聚了金属的金矿、太阳的金光，以及植物的金色。整个夏季的阳光似乎都浓缩到那光辉的一天。每一丝阴霾都被空中洗去；山脉被白云抹擦得干干净净——包括帕切科峰及恶魔山，还有两者之间蓝色起伏的墙；雄伟的内华达山脉耸立在平原边，被装点上四条平行的彩带：最底层是紫玫红，上一层是深紫，再上一层是蓝色，而所有这些之上，是白色的山巅，指向天堂。

也许有人问，五十或一百英里之外的山脉与二十丘谷地有什么关系？对热爱原始的人来说，这些山脉并不在百英里之外。它们的精神动力以及美好的天空，使它们像近在咫尺的一圈好朋友。它们隆起，像是谷地的山坡墙。你不觉得你在户外；你感觉到的是平原、天空及山脉光岚的美。你沐浴在这些圣灵的光芒中，不停地转动，就像是在营火边取暖。此刻，你失去了自我单独存在的感觉：你已融入天地山水，变成了大自然的一部分。